DRESSLER

Simone Buchholz

JOHNNY UND DIE POMMESBANDE

WIR SIND DIE SCHNELLSTEN!

Mit Illustrationen von Horst Klein

Dressler Verlag · Hamburg

MIX
Papier aus verantwortungsvollen Quellen
FSC® C014496

Originalausgabe
1. Auflage

Poppenbütteler Chaussee 53, 22397 Hamburg

Coverillustration und Vignetten: Horst Klein
Umschlaggestaltung: Frauke Schneider unter Verwendung
einer Illustration von Horst Klein
Satz: Datagroup, Timisoara, Romania
Druck und Bindung: GGP Media GmbH
Karl-Marx-Straße 24, 07381 Pößneck, Deutschland
Printed 2018
ISBN 978-3-7915-0026-3
www.dressler-verlag.de

NICHT AUFREGEND GENUG ODER ZU AUFREGEND?

Alles begann damit, dass es einer dieser besten Tage war und wir nicht genug kriegen konnten, aber Moment mal, also: Ich bin Johnny.

Ich bin zwölf.

Ich wohne bei meinem Opa, und der ist genau sechzig Jahre älter als ich, wir haben nämlich am gleichen Tag Geburtstag, an einem 23. Juli. Nur dass ich eben sechzig Jahre später geboren wurde.

Mein Opa sagt immer, wenn wir gleich alt wären, wären

wir Freunde. Ich sage immer, sind wir doch auch so. Stimmt, sagt er dann und nickt sein typisches Opa-Nicken. Zieht die Mundwinkel runter, schiebt das Kinn vor und nickt. Bis das Nicken von selbst aufhört.

Ich bin bei meinem Opa, seit ich denken kann. Zuerst war auch meine Oma noch da, aber die musste dann ja unbedingt sterben, meint mein Opa und grummelt vor sich hin, wenn wir über meine Oma reden. Er versteht bis heute nicht, warum sie das so plötzlich gemacht hat.

Bockig sauer ist er deshalb, sagt er. Kann er ja auch sein, versteht man ja auch. Aber vom Sauersein wird sie auch nicht wieder lebendig, sage ich dann manchmal, und dann nickt er wieder sein Opa-Nicken, und dann ist er nicht mehr sauer, weil er weiß, dass einfach nur sauer sein nichts bringt. Dagegen, dass meine Oma gestorben ist, kann man halt nichts machen.

Und so sind wir jetzt eben allein, mein Opa und ich. Kriegen wir aber ganz gut hin. Opa kümmert sich um die Opa-Sachen: Geld von der Bank holen, einkaufen, Frühstück machen, die Wohnung warm halten. Ich kümmere mich um die Jungssachen. Jungs sollen rausgehen und den Wind jagen, sagt mein Opa. Mach ich glatt. Aber vorher lese ich ihm immer noch ein bisschen was aus der Zeitung vor, weil er die Buchstaben nicht mehr richtig gut sehen kann.

Wenn ich abends dann nach Hause komme, hat er immer schon meine Bettdecke zurückgeschlagen.

Was er sonst so den ganzen Tag macht, weiß ich nicht. Er sagt, das ist alles nicht aufregend genug, um es zu erzählen.

So sortiert sich mein Opa die Welt: *nicht aufregend genug* oder *zu aufregend*, um es zu erzählen. Die Geschichte von meinen Eltern, wie und warum sie verschwunden sind, als ich ein Baby war, ist *zu aufregend*, findet er. Deshalb erzählt er mir jedes Mal, wenn ich danach frage, eine andere Geschichte. Dass plötzlich der Flieger ging, und da mussten sie einsteigen, aber leider hat er vergessen, wohin sie geflogen sind. Dass sie auf einer Geschäftsreise in der Mongolei sind und einfach noch nicht wieder da, denn die Mongolei ist ja sehr, sehr groß. Oder dass sie seit Jahren mit anderen Eltern in einer Küche sitzen und was zu besprechen haben, diesen langweiligen Erwachsenenkram eben, und weil das so langweilig ist, dass alle immer wieder einschlafen, dauert das auch so lange.

Meine Lieblingsgeschichte geht so: Sie haben sich versehentlich durchs Klo runtergespült. Dann sind sie einmal durch die komplette Kanalisation gerutscht, durch den Erdkern und am anderen Ende der Welt wieder aufgetaucht. Und da sind sie jetzt. Auf Tahiti, sagt mein Opa. Ich glaube ja, dass sie tot sind und durch die ewigen Jagdgründe reiten, aber, hey, mich fragt ja keiner.

Die echte Geschichte, sagt mein Opa, erzählt er mir, wenn ich alt genug bin, um zur See zu fahren. Das Ding ist, dass ich gar nicht zur See fahren will, ich will lieber an Land bleiben, aber das sage ich ihm nicht. Das wäre nämlich wiederum zu aufregend für ihn, wenn er mitbekäme, dass ich kein Seemann werden will. Weil er findet, dass alle jungen Männer erst mal zur See fahren sollten, bevor das wahre Leben anfängt, da gibt's für ihn kein Vertun.

Manchmal frage ich mich natürlich schon, warum er so viele Sachen für zu aufregend hält, wenn er doch selbst einen ganzen Sack voller Abenteuer erlebt hat, damals auf See. Er hing als junger Matrose mal einen ganzen Tag und eine ganze Nacht am Mast fest. Er hatte sich da morgens im Ausguck festgebunden, weil es so windig war. Dann hat er aber den Knoten nicht mehr aufgekriegt. Und die anderen haben bis zum nächsten Morgen nicht gemerkt, dass er da oben hing. Oder einmal, da hat ein Riesenkrake das Schiff angegriffen. Sie mussten zwanzig Stunden mit dem Kraken kämpfen, bevor er besiegt war. Von dem Kampf hat mein Opa eine Narbe am Handgelenk, eine richtige Strieme.

»Da hat er mich erwischt, der Sauhund«, sagt er immer. Und wenn es kälter wird, reibt er sich die Stelle, dann spürt er sie nämlich richtig heftig. »Das ist normal bei alten Kriegsverletzungen«, sagt er. »Sobald der Winter kommt, tun die wieder weh.«

Außerdem war er mal Schiffbrüchiger und hat ein paar Monate allein auf einer einsamen Insel verbracht und nur Fische und Kokosnüsse gegessen, und er hat über ein Jahr in Südostasien bei gefräßigen Meerjungfrauen gelebt, und in der Beringsee hat er drei Fische gefangen, die waren größer als er selbst.

Aber dauernd alles zu aufregend finden.

Oder eben nicht aufregend genug.

Meine Freunde sagen, dass das doch egal ist, Hauptsache, die Geschichten sind gut.

Haben sie natürlich recht.

EINER DIESER BESTEN TAGE

Und so fing unsere Geschichte an:

Wir saßen am Anleger unten am Hafen, weil wir da immer am liebsten sind. Wir ließen die Beine baumeln und kuckten in die Luft. Unter uns gluckerte das Wasser, über uns kreischten die Möwen, die Sonne schien, es war einer dieser besten Tage.

Ella balancierte am Rand entlang und machte ein paar Seiltanzkunststücke. Sie ist noch nie beim Tanzen ins Wasser gefallen, aber das, was sie da macht, dieses ganze Gehüpfe und Gedrehe, sieht immer wahnsinnig wackelig aus und so, als würde sie jetzt vielleicht gleich echt mal reinfallen. Weil sie ja nie auf einer Zirkusschule war, sondern sich den ganzen Kram selbst beibringt. Eigentlich warten wir immer nur drauf, dass es mal »Platsch« macht und sie, bums, in der Suppe landet.

Tja, was soll ich euch sagen?

An diesem einen besten Tag war es so weit.

Plötzlich machte es »Platsch«!, und das war Ella, dann machte es »Neiiin!«, und das war auch Ella, und dann versuchte sie, das Ding noch zu retten, indem sie eine Art Köpper machte, und wir kuckten alle wie die Autos.

Carlos sagte: »Das glaub ich jetzt nicht!«

Sue schrie: »Ellaaa!«

Buxe und ich riefen: »Kacke!«

Tomek sagte nur: »Die kann doch schwimmen, oder?«, und da tauchte Ella husch, husch schon wieder auf und hustete und prustete und zog sich mit ihren nassen Händen am Steg hoch, und Carlos und ich zogen sie raus, und so saßen wir da in der Sonne, mit der triefenden Ella zwischen uns, und lachten und lachten und lachten.

»Ausgerechnet heute«, sagte Ella, »wo doch einer dieser besten Tage ist.« Sie kramte ein bisschen mit der Zunge in ihrem Mund und spuckte irgendwas aus, was aber kein Fisch war.

Tomek hob es auf, kuckte es kurz an und aß es auf.

Eigentlich hätte der Tag damit zu Ende sein können. War ja schon was passiert, und wenn was passiert ist, kann man den Rest des Tages drüber reden, was passiert ist, und dann bleibt es die ganze Zeit aufregend.

Nur: Der Tag war noch nicht zu Ende. Der Tag hatte noch was in der Ziehung für uns. Was Normales und was Neues.

Das Normale war, dass wir von den Touristen ganz gut Kurtaxe abzwacken konnten. Weil, es ist ja so: Wir sind nette Kinder. Wir helfen den Touristen, wenn sie zu uns kommen und Fragen stellen. Sie kommen immer sofort zu uns, wenn sie uns sehen, weil sie ja auch sehen, wie nett wir sind. Dann blinzeln die Leute so komisch, weil sie denken, Kinder mögen komisches Blinzeln, und dann fangen sie an, uns Fragen zu stellen.

Sie wollen so viel wissen.

Wo es hier denn am schönsten ist.

Welches Schiff man denn am besten nehmen soll.

Und zu welcher Insel.

Und überhaupt.

Diese ganzen Touristenfragen eben.

Wir beantworten die Fragen natürlich sehr geduldig und sowieso wahnsinnig nett. Jeder beantwortet eine Frage, Ella fängt an, dann kommt Buxe, dann Sue, dann Carlos, und sogar Tomek sagt etwas, das sich freundlich anhört, und am Ende sage ich in meinem allerbesten Angeberton: »Wenn Sie möchten, übernehmen wir auch noch das mit der Kurtaxe für Sie.«

»Kurtaxe?«, fragen die Touristen.

»Klar, Kurtaxe«, sage ich dann, stecke die Hände in die

Hosentaschen und male mit meinem rechten Schuh irgendwas aufs staubige Kopfsteinpflaster. »Wird für den ganzen Hafenbereich hier fällig.« Meistens mache ich in diesem Augenblick noch eine großkotzige Handbewegung. Als würde das alles uns gehören. »Wussten Sie nicht?«

Die Touristen schütteln die Köpfe.

Nee, wussten sie nicht.

»Kein Problem«, sage ich und lege einem von den Leuten eine Hand auf die Schulter, am liebsten einem von den Männern, weil so sind wir halt unter Männern. »Wir regeln das für Sie.«

Ich komme mir in diesen Momenten immer dermaßen erwachsen vor, das glaubt ihr gar nicht.

Und schwuppdiwupp holt Sue die Kurtaxekärtchen raus, so kleine schwarz-weiße Pappzettel, die wir im Keller von Pastor Löwenbein mit der alten Druckmaschine zusammengeschustert haben.

Auf den Zetteln steht, und das sieht enorm wichtig aus:

MARITIM-CARD –
KURTAXE FÜR DEN GESAMTEN HAFEN.

BEZAHLT!

Daneben ein Stempel: *der Bürgermeister.*

Ella und Buxe sammeln das Geld ein, von jedem Touristen zwei Euro, und Sue verteilt die Karten, und Carlos und

Tomek machen sich unauffällig vom Acker. Die Touristen sind währenddessen dermaßen beschäftigt damit, drüber nachzudenken, was das mit dieser Kurtaxe jetzt wohl auf sich hat, dass sie gar nicht merken, wie der Rest von uns auch – huch – verschwindet.

Das war's.

An guten Tagen verdienen wir so zwanzig bis dreißig Euro. Der Tag, an dem Ella ins Wasser fiel, war ein guter Tag, er war ja sogar einer dieser besten Tage, hab ich das vorhin schon erzählt?

Egal, Ella hat ihren hellblauen Schirm tüchtig in den Hafenwind gehalten – kennt ihr diesen speziellen Wind, der nach Schiffsbenzin riecht, aber man kann immer auch ein bisschen das Meer riechen? Ella also, mit ihrem Seiltanzding. Das ist schon ein bisschen merkwürdig, weil sie eben so versessen drauf ist, aber sie ist eine glatte Eins darin, damit Touristen anzulocken. Die kucken dann halt erst mal, und dann sehen sie, wie nett wir sind, und dann, na ja, ihr wisst schon.

SO SIND WIR EBEN

An besten Tagen sind wir nicht nur nett zu Touristen, sondern vor allem nett zu uns.

Carlos war schon an diesem Morgen wahnsinnig nett zu Ella gewesen. »Klar, Ella. Seiltänzerin. Das bist du. Natürlich. Und eines Tages fliegst du mit deinem Schirmchen davon, und zwar bis nach Amerika, Leute.«

Carlos kann das wirklich prima. Den anderen sagen, dass alles gut ist und dass sie sich keine Sorgen machen müssen.

Tomek zum Beispiel. Der fühlt sich ja oft komisch. Er denkt, das kommt daher, dass er ein Hafentroll ist, und Trollkinder ticken nun mal anders als andere Kinder. Sie stehen sehr spät auf, weil sie nachts zu tun haben. Was genau er da nachts zu tun hat, weiß Tomek selbst nicht so ganz, schätze ich, aber er ist eben nachts wach, anders als wir.

Wir schlafen natürlich auch nicht supergerne, aber irgendwann fallen wir um. Trolle nicht. Die fallen erst so gegen fünf Uhr morgens um, sagt Tomek. Und sie haben nur acht Zehen, also an jedem Fuß einen weniger, dafür insgesamt ungefähr vier Millionen Haare mehr, ein paar davon auch auf dem Rücken.

Hafentrolle wohnen meistens im Bauch von stillgelegten Schiffen. Sie reden nicht viel, sie trinken nach dem Aufstehen erst mal einen Becher Brackwasser, sie sind mit zehn Jahren ausgewachsen, und auch wenn sie nicht besonders groß werden, sind sie sehr, sehr stark, wahrscheinlich so stark wie Elefanten oder Hulk oder zehnmal Batman. Außerdem platzen sie, wenn man ihnen zu viele Fragen stellt.

Ich finde, dass Tomek jedes Recht der Welt hat, sich meistens eher komisch als normal zu fühlen.

Außerdem ist Tomek dreizehn. Schwieriges Alter. Also: erzählen einem alle. Oh, dreizehn, sagen sie immer, ganz schwieriges Alter. Ich hab das inzwischen so oft gehört, dass ich manchmal gar keinen Bock mehr hab, irgendwann dreizehn zu werden, und erst recht nicht vierzehn oder fünfzehn, das soll nämlich noch schlimmer sein. Vielleicht kann man mit irgendwem einen Deal machen, dass man einfach direkt sechzehn wird, und fertig ist die Laube.

Na ja. Wo war ich gerade stehen geblieben? Ach so, hier: dass wir alle supernett zueinander waren, dass es einer dieser perfekten Tage war, dass Ella im Hafenwasser gebadet hatte und dass wir auch ordentlich Kurtaxe eingenommen hatten. Und dann sagte Buxe: »Ich hab Hunger.«

Buxe hat meistens einen Riesenhunger. Er ist der Kleinste von uns, er hat noch ordentlich Strecke vor sich mit dem Wachsen, und da hat man eben viel Hunger.

»Ich hab auch Hunger«, sagte Sue, weil sie und ihr Zwillingsbruder immer das gleiche Gefühl in sich tragen.

Zwillinge, Leute: Zwillinge sind ja was ganz Besonderes. Zwillinge waren schon zusammen, als sie so klein waren wie zwei Ameisen. Ein Zwilling weiß immer, was der andere denkt und was er braucht und was er will, und manchmal sogar, bevor der es selbst weiß.

Ich hab mir nie einen Zwilling gewünscht, ich finde das alles ziemlich seltsam. Aber ich wünsche mir, dass Sue und Buxe sich niemals voneinander trennen müssen, denn ich glaube, dann würden sie sterben.

Als die beiden noch Babys waren, musste Buxe mal operiert werden. Die Eltern schoben Sue im Kinderwagen durch den Klinikpark, während Buxe operiert wurde. Dann wurde die Operation ganz plötzlich kompliziert und quasi gefährlich. Und genau in dem Moment fing Sue an zu schreien, und sie hörte erst wieder auf damit, als Buxes Operation zu Ende war. So ist das mit den beiden, und deshalb hat Sue immer das, was Buxe auch hat.

Die Haare von Sue und Buxe sind so blond, das könnt ihr euch nicht vorstellen. Fast weiß sind die. Sue und Buxe können mit ihren Haaren sogar im Dunkeln das Licht anmachen.

»Gehen wir zu Kirsche?«, fragte ich.

»Gehen wir zu Kirsche«, sagte Carlos.

Manchmal gehen wir auch zu Carlos, dann essen wir, was seine Mutter am Abend vorher gekocht hat. Sie kocht fast immer zu viel, sie brät Fisch und Kartoffeln, sie kocht Nudeln oder diese eine gelbe Reispfanne mit Hühnchen, die wir alle so wahnsinnig lecker finden. Carlos' Mutter kocht super. Aber essen können wir bei ihr nur, wenn Carlos' Vater nicht in der Wohnung ist. Carlos sagt immer, dass sein Vater uns nicht leiden kann, weil er Kinder eben generell nicht leiden kann. Ich weiß, dass mehr dahintersteckt, dass es noch einen anderen Grund gibt, warum wir nicht zu Carlos können, wenn sein Vater da ist. Aber ich hab Carlos versprochen, nicht darüber zu reden.

An diesem besten Tag war der Vater zu Hause, Carlos hatte erzählt, dass morgens schon blöde Dinge passiert waren, er war irgendwann einfach aus dem Haus gerannt, und gegen so viele blöde Dinge kommt dann vielleicht auch die beste Mutter und Köchin nicht an. Und so ist die Lage eben immer, wenn wir zu Kirsche gehen: gut, weil es Kirsche gibt, aber auch ein bisschen traurig, weil es für Carlos so traurig ist.

Ihr kennt das mit diesen besten Tagen, von denen immer alle reden. Angeber, alles Angeber.

IM KIRSCHENHIMMEL

Kirsches Pommesbude ist ein alter Wohnwagen. Vor langer Zeit war der Wohnwagen mal weiß, inzwischen hat er eher die Farbe von Vanilleeis. Irgendwer hat den Wohnwagen irgendwann mal für Kirsche zur Pommesbude umgebaut. Sie sagt, sie wüsste nicht mehr, wer das war, aber das glauben wir ihr natürlich nicht. Wir glauben, dass Kirsche ein Monstergeheimnis hat, und eines Tages werden wir auch rausfinden, was das für ein Geheimnis ist.

Auf der Rückseite von Kirsches Wohnwagen ist die Tür. Und da ist auch ein kleines Fenster, das immer offen ist.

Vorne ist ein großes silbernes Rollo, und wenn Kirsche das Rollo öffnet, wird gleichzeitig eine rot-weiße Markise ausgefahren. Die Chefin fängt dann quasi vollautomatisch an, Pommes zu braten. Das ist alles eine einzige, große Pommesmaschine. Es gibt Pommes mit Ketchup, Pommes mit Mayo und Pommes mit Ketchup und Mayo.

Kirsche hat hellrote Haare, die zu einem Zopf gebunden sind. Und sie trägt jeden Tag ein anderes Kleid. Heute ist es ein blaues Kleid mit kleinen roten Tupfen.

»Meine Kinder«, sagte sie, als wir an diesem besten Tag zu ihr kamen, und lächelte, wie sonst keine lächeln kann, na ja, die Sonne vielleicht, und dann stellte sie eins, zwei, drei, vier, fünf Limonaden für uns auf den Tresen, und ein Malzbier für Tomek. Tomek verträgt keine Limonade, auf Limonade muss er spucken.

»Naaa?«, sagte Kirsche und beugte sich weit vor. Jede andere wäre in diesem Moment aus dem Pommeswagen gekippt, aber nicht Kirsche. »Wie läuft's?«

»Läuft«, sagte ich und legte ihr fünf Euro auf den Tresen.

»Ihr bezahlt hier nichts«, sagte Kirsche, »das wisst ihr doch.«

Sie kniff die Augen zusammen und zog die Stirn kraus. Sie machte ihren Ich-glaub-es-hackt-Blick.

»Wir bezahlen ja auch nicht«, sagte ich, »wir spenden.«

»Aha«, sagte Kirsche, und ich so: »Genau.«

Sie ließ die fünf Euro auf dem Tresen liegen und dachte sich vielleicht, dass sie doch der Wind nehmen soll, dann kümmerte sie sich um unser Essen, und wir kümmerten uns um uns. Kirsche ist einfach die perfekte Tante.

Buxe nahm seine Limonade vom Tresen und trank sie in einem Zug aus und Sue trank ihre Limonade auch in einem Zug aus. Das Gute ist, dass wir hier bei Kirsche nicht nur so viele Pommes bekommen, wie wir wollen, sondern auch ohne Ende Limonade, und so hatten Buxe und Sue ratzfatz noch zwei Flaschen am Start.

Als Kirsche die Pommes auf den Tresen stellte, setzten wir uns hin und aßen. Buxe saß auf dem Boden, auf dem Kopfsteinpflaster. Er hatte seine Hose aus grauem Weltraummaterial an, und er behauptet immer, dass diese Hose ab und zu mit ein bisschen Straßendreck gepflegt werden muss: »Ab und zu ordentlich auf den Knien rutschen und schon ist das Ding wieder wie neu!«

Sue saß neben Tomek auf dem einen Poller, ich saß auf dem anderen Poller, Ella und Carlos saßen auf der dicken Stahlkette dazwischen. Die beiden schwingen beim Essen zu gern hin und her. Kirsche kuckte uns an, und in ihrem Gesicht funkelte das Licht, das vom Wasser kam.

Ich kuckte auch, aber eher unauffällig, Richtung Wasser. Am Wasser geht jeden Tag um die gleiche Zeit die Königin spazieren. Ich weiß nicht, wohin sie geht, ich weiß nicht, woher sie kommt. Sie ist vielleicht sechzehn oder siebzehn Jahre alt, sie hat lange braune Haare mit ein paar Wellen drin. Sie ist sauschön, aber sie ist nicht nur schön, sie ist auch richtig, richtig cool. Sie hat ein Zwinkern im Gesicht.

Eines Tages werd ich sie ansprechen, wahrscheinlich so in fünf Jahren, wenn ich endlich ein paar Köpfe größer bin. Keiner weiß, dass ich sie jeden Tag anschaue, nicht mal mein Opa. Kirsche schnallt das, glaub ich, manchmal, aber sie sagt nie was dazu.

Ich kuckte also der Königin hinterher, sie ging wie eine Königin, und ihre Haare sahen aus, als könnte man darin schaukeln, dann fütterte ich die Möwen mit den Resten von meinen Pommes, denn die Möwen müssen ja auch immer was abkriegen. Tomek aß nach seinen Pommes noch all unsere Pappteller und dazu den Extrapappteller, den Kirsche ihm immer gibt. Hat sie von Anfang an so gemacht. Tomek musste ihr nie großartig erklären, wie das ist mit den Trollen und warum er keine Limonade mag und eben lieber Pappteller als Pommes isst. Kirsche versteht ja echt alles und jeden, aber Tomek versteht sie am besten. Vielleicht, weil sie beide ganz vieles ganz ähnlich machen. Tomek wohnt ja mitten in diesem Schiff, mitten im Bauch. Klappe zu, Film aus, keiner mehr da.

Und bei Kirsche läuft das so: Wenn das Pommesmobil abends zumacht, wenn das Frittenfett kalt wird und Kirsche die Rollos runterlässt, ist sie nur noch für sich. Von draußen ahnt keiner, was da drin los ist. Und wie schön es aussieht, wenn sie am Vormittag ihre Fenster wieder aufmacht.

Das könnte es sein, mit ihr und Tomek.

Ich glaube, die treffen sich manchmal nachts heimlich und gucken den Mond an.

Aber nur ganz manchmal.

DIESEN KELLER MUSS MAN GESEHEN HABEN!

Am Abend kam dann das Neue, das plötzlich wie ein Gewitter über unsere kleine Welt kommen sollte, das erst aufregend war, dann schlimm, dann schnell, und am Ende … Ach, ihr werdet sehen.

Aber erst mal waren wir im Keller, weil wir abends meistens im Keller sind.

Der Keller ist eigentlich verschlossen, am Tag und am Abend, da kommt keiner rein, nur wir, weil wir haben einen Schlüssel. Pastor Löwenbein hat ihn uns gegeben, nachdem er den Keller unter seiner Kirche entdeckt hatte.

Man sieht den Keller von außen nicht und von innen gibt es keinen Zugang. Da, wo der Zugang wäre, wenn es ihn geben würde, steht nämlich der Altar drauf. Pastor Löwenbein weiß, dass der Altar erst nach dem großen Brand vor über hundert Jahren da hingestellt worden ist, wo er jetzt steht, vorher war er ein bisschen weiter vorne. Das heißt, dass es den Keller schon vor dem großen Brand gegeben hat. Ein Riesenbrand war das, als hätte die ganze Stadt gebrannt, nicht nur die Kirche.

Die Treppe zum Kellereingang liegt an der linken Seite der Kirche. Sie ist hinter einem sehr großen Baum mit vielen dunklen Blättern versteckt und sie ist total zugewuchert. Der Efeu sieht aus, als würde er die Treppe am liebsten auffressen, und nicht nur die Treppe. Sogar den großen Baum davor versucht er sich reinzustopfen. Ein richtiges Ungetüm ist das. Tomek und ich haben uns ihm mit Macheten entgegengestellt.

Wo wir die Macheten herhaben, kann ich euch jetzt nicht verraten, das wäre zu riskant, aber vielleicht erzähle ich euch ein andermal davon, eines Tages, wenn wir uns ein bisschen besser kennen. Merkt euch das: Man muss immer aufpassen, wem man was erzählt.

Auf jeden Fall haben wir mit den Macheten einen furchtbar schmalen Gang in das Efeugestrüpp über der Treppe geschlagen. Der Gang ist so schmal, dass man ihn nur sieht, wenn man weiß, dass er da ist. Und man muss einen Fuß vor den anderen setzen, um überhaupt zur Kellertür zu kommen, zwei Füße nebeneinander passen nicht in den Gang.

Das haben wir extra so gemacht.

Das ist wichtig.

Unser Keller muss geheim bleiben, sonst würden alle reinwollen.

Denn wenn man dann endlich mal drin ist im Keller, ist es herrlich. Der Keller leuchtet dunkel und warm. Es gibt zwar keinen Strom, aber es gibt Laternen mit dicken Kerzen drin, und es gibt einen alten Ofen. Die Kerzen schenkt uns Pastor Löwenbein, er stellt uns alle paar Tage neue vor die Kellertür. Er sagt, er hat nun wirklich genug Kerzen in seiner Kirche.

Wir brauchen nur eine Taschenlampe und ein Feuerzeug, damit wir die Kerzen in den Laternen anzünden können. Und schon haben wir schummriges Licht, und das ist so gemütlich, dass mir manchmal ganz anders wird.

In unserem Keller ist es ein bisschen wie im Bauch von Tomeks Schiff, nur wärmer und noch einen Tick geheimnisvoller, weil überall Spinnweben rumhängen. Im Keller kann uns nichts, aber auch gar nichts passieren. Dachten wir so.

Es war eigentlich alles wie immer, als ich an diesem Abend reinkam. Ella und Sue lagen auf ihrer Couch. Die Couch haben sie an einer Straßenecke gefunden. Sagen sie. Keiner von uns weiß, wo genau sie die Couch wirklich gefunden haben. Mädchen sind ja gar nicht so leicht zu durchschauen. Mädchen machen ja immer eher ihr eigenes Ding. Warum Ella und Sue sich sofort angefreundet haben, hab ich nie kapiert. Die sind so unterschiedlich. Zum Beispiel findet Ella

Seiltanzen super und Fußball furchtbar, Sue liebt Fußball und versteht dieses Seiltanzding nicht. So ist das mit vielen Sachen bei den beiden. Was die eine gut findet, findet die andere bescheuert. Und trotzdem: ein Herz und eine Seele. Oder, wie meine Oma über Ella und Sue gesagt hat, nachdem sie das erste Mal zusammen bei uns waren: ein Kopf und ein Arsch.

Und da hatte sie recht, meine Oma.

Denn jeder von uns macht ja auch mal was allein, nur Ella und Sue nicht. Die machen immer zu zweit was allein. Was genau? Keine Ahnung, das sagen sie uns nicht. Am Anfang dachte ich, vielleicht stellen sie stundenlang die Möbel in unserem Keller um, nur um zu kucken, was passiert, wenn wir anderen uns dann plötzlich nicht mehr zurechtfinden. Denn manchmal komme ich in den Keller und denke: Hier stimmt doch irgendwas nicht! Aber wahrscheinlich denke ich da falsch. Denn immer, wenn sie was zu zweit allein machen, nehmen sie den Bus nach irgendwo, und dann sind sie den ganzen Nachmittag weg.

Carlos glaubt, dass sie heimlich ans Meer fahren.

Aber ich glaub das nicht.

Die fahren bestimmt nicht ohne uns ans Meer.

Oder etwa doch?

Auf jeden Fall ist die Couch an der Lehne ziemlich angeknabbert, aber Tomek sagt, er war das nicht.

Carlos lag auf dem Flokatiteppich, als ich reinkam, und blätterte in einem Comic. Buxe saß am Schlagzeug. Das

Schlagzeug ist kein richtiges Schlagzeug, Buxe hat es aus Obstkisten und Pappkartons gebaut.

»Für euch reicht's dicke«, sagt Buxe immer, und das stimmt auch. Buxes Getrommel ist echt eine Macht, das solltet ihr mal hören.

Badabamm, badabamm, badarampampam.

Auf Buxe muss man ja ein bisschen aufpassen, wenn er gerade nicht an seinem Schlagzeug sitzt. Weil ... na ja ... Buxe hat Flöhe im Kopf. Wenn die Flöhe anfangen zu springen, ist Buxe nicht mehr zu halten. Und die Flöhe springen ganz schön oft. Buxe hat dann diese »Wildigkeit«, so nennt er das. Dann muss er rennen und klettern und manchmal auch schreien, wie so ein richtiger wilder Kerl eben. Ein bisschen wild ist er eigentlich immer, ruhig ist er nur, wenn er mal schläft, und dann schläft er so tief, als wäre er ohnmächtig.

Buxe ist nur ein Jahr jünger als ich. Trotzdem hab ich manchmal das Gefühl, als wäre er zehn Jahre jünger als ich, als wäre ich der Große und er der Kleine.

Wenn ich nicht dauernd auf ihn aufpasse, springt der glatt in den Fluss, wegen der Gehirnflöhe.

Und dann, wenn ich überhaupt nicht damit rechne, ist es genau andersrum. Dann sagt und macht Buxe so dermaßen große Sachen, dass ich mich ganz klein fühle.

Buxe war also am Trommeln, Tomek kuckte Sue an, Sue kuckte zurück, Ella kuckte an die Decke. Von der Decke seilten sich ein paar Spinnen ab und aßen ein bisschen Staub.

Ich legte mich neben Carlos auf den Flokatiteppich und

streckte mich. Nach den Pommes war ich beim Boxen gewesen, jetzt taten mir die Arme weh. Ich gehe dienstags und freitags zum Boxen, mindestens. Bei uns haben immer alle geboxt.

»Boxen ist für die Männer unserer Familie wie Essen, das muss einfach sein«, hat mein Opa mal gesagt.

Mein Opa hat sogar in einem Zelt auf dem großen Platz geboxt, in so einer Box-Show. Ein richtig krasser Boxer war der. Schnell und schlau und stark.

»Mir sind die Herzen zugeflogen, das kannst du mir aber glauben«, sagt er immer. Heute fliegt ihm nur noch die Zeit um die Ohren und tropft an ihm runter, behauptet er.

Ich streckte mich noch mal so richtig, bis es irgendwo in meinem Rücken ordentlich krachte, und dann sagte ich: »Leute, was gibt's Neues?«

Manchmal, wenn ich vom Boxen komme, fühle ich mich, als wäre ich nicht drei Stunden weg gewesen, sondern drei Tage. Vielleicht, weil die anderen im Boxclub schon fast erwachsen sind, die meisten von denen sind so fünfzehn oder sechzehn. Im Boxclub sein ist wie in einer fremden Welt sein, die erst später kommt. Ich kann mich dann nie entscheiden, ob ich diese Welt gut oder doof finde, aber sie ist auf jeden Fall anders als die Welt in unserem Keller, sie ist nicht halb so gemütlich, und deswegen hab ich eben immer das Gefühl, danach von den anderen auf den neuesten Stand gebracht werden zu müssen.

Also. Neues. Neues?

Erst mal gab es nichts Neues – und dann doch!

»Ich war vor ein paar Tagen auf der Meile unterwegs«, sagte Tomek. »Nachmittags. Ich wollte nur mal kucken, wie's da so ist.«

Er fuhr langsam und quietschend auf seinem Drehstuhl durch den Keller. Den hat er im letzten Herbst an irgendeiner Straßenecke gefunden, und wehe einer von uns setzt sich drauf. Und jetzt ist er anscheinend auf der Meile unterwegs gewesen, der Tomek. Hm. Nachmittags. Okay. Klar.

Weil, nach Einbruch der Dunkelheit darf man auf keinen Fall allein zur Meile, wenn man noch keine achtzehn ist. Da schicken sie dich sofort weg, wenn sie dich erwischen. Auf der Meile gibt es nur gefährliche Sachen, sagen die Erwachsenen: Alkohol, Prügeleien, Liebe und alles zusammen, also Piraten. Aber tagsüber kann man da schon mal hin. Da hat die Meile ja noch nicht so richtig auf und die Piraten kauern noch in ihren Löchern.

»Auf der Meile gibt's nur gefährliche Sachen«, sagte Carlos.

»Und Geld«, sagte Tomek, rollte herum und knurrte.

»Wir haben Geld«, sagte Sue.

»Mehr als genug«, sagte Ella.

»Man kann nie genug haben«, sagte Buxe und schlug einen Trommelwirbel auf einer Bananenkiste.

»Stopp«, sagte ich. »Lasst Tomek doch erst mal ausreden.«

Ich weiß, dass Tomek furchtbar schnell beleidigt ist, gerade im Moment ist das ganz heftig, und da muss man echt richtig aufpassen, sonst sagt der gleich gar nichts mehr. Buxe hat Tomek mal eine Postkarte geschenkt, und auf der Postkarte stand: *Lieber Gott, mach, dass ich nicht immer gleich beleidigt bin.* Da hat Tomek vier Wochen lang nicht mehr mit Buxe geredet.

»Also«, sagte ich und sah Tomek an.

»Also«, sagte Tomek und parkte den Drehstuhl rückwärts neben der Couch ein, »es ist doch so: Man kann ja auch mal das Revier wechseln.«

»Wie, das Revier wechseln?«, fragte Ella.

»Na, mal was anderes sehen. Ich hab schon überlegt, ob ich vielleicht einfach auf ein Schiff steigen soll. Einfach wegfahren. Meine Leute sind ja auch irgendwann aus Norwegen weggefahren, bevor sie hier gelandet sind. Nur ich häng immer an diesem blöden Hafen rum.«

Plötzlich war es für ein paar Sekunden ganz still im Keller. So still, dass man die Spinnen weben hören konnte.

»Geh nicht weg«, sagte Sue nach den stillen Sekunden, und wie sie das so sagte, reichte das für ein ganzes Leben. Tomek wird niemals weggehen, solange Sue so mit ihm spricht. Mit Sue und Tomek ist das so eine Sache. Ist uns allen von Anfang an aufgefallen. Tomek hat gelächelt, als sie reinkam. Und Tomek lächelt fast nie.

Es gibt Tage, da sagt er kein Wort und kuckt sie die ganze Zeit nur an. Sue merkt das gar nicht, glaub ich. Aber ich merke das natürlich. Da sieht man auch wieder, warum ich hier der Boss bin. Weil ich solche Sachen eben einfach merke. Hm. Eigentlich möchte ich schon gern mal genauer wissen, was da los ist zwischen den beiden, weil ich ja nicht nur merke, dass Tomek Sue so speziell ankuckt, sondern weil ich auch weiß, was das bedeutet.

Kenne ich ja von mir und der Königin.

»Wir könnten doch einfach mal ein Stückchen weiter hochgehen und Kurtaxe einsammeln«, sagte Tomek und kuckte an die Decke mit den ganzen Spinnenweben. »Auf die Meile zum Beispiel.«

»Natürlich nicht nachts«, sagte Carlos.

»Natürlich nicht«, sagte Tomek.

»Auf der Meile laufen mindestens so viele Touristen rum wie am Hafen«, sagte ich.

»Vielleicht sogar noch bessere«, sagte Tomek.

»Bessere«, zischte Buxe und machte wieder einen Trommelwirbel, diesmal aber einen ganz leisen.

»Schlafen wir erst mal drüber«, sagte ich.

Das war das Neue, das an jenem besten Tag passiert ist, und auch, wenn sich das im ersten Moment noch nicht so wahnsinnig spektakulär anhört: Damit fing wirklich alles an.

Damit änderte sich unser ganzes Leben, ich schwöre.

UND SO SCHLAFEN WIR

Carlos und ich lagen auf dem Dach. Die Dachpappe war noch warm, und sie würde auch die ganze Nacht warm bleiben, weil das schwarze Zeug sich tagsüber immer so aufheizt, kennt ihr ja, wenn ihr schon mal auf Dachpappe gelegen habt. Wir lagen also auf dem Rücken auf der Dachpappe und kuckten in den Himmel.

Carlos hatte bis kurz vorher noch an seinem Fenster gesessen und in den Himmel gekuckt. Aber dann hatten seine Eltern wieder angefangen, sich anzubrüllen, vor allem hat sein Vater gebrüllt, seine Mutter hat eher mit Sachen geworfen, und da hat sein Vater noch lauter gebrüllt, und am Ende ist meistens ganz viel kaputt. Er hat gewartet, bis sie fertig waren damit und bis sein Vater die Wohnungstür hinter sich zugeschlagen hatte und endlich weg war, und dann ist Carlos raus aus dem Fenster und über die Feuerleiter hoch zu mir.

Ist so ein Klassiker zwischen uns.

Er hat sogar schon ein paarmal versucht, seine Mutter mit hoch zu nehmen, aber die will immer nicht und tut so, als wäre nichts, und das ist Carlos irgendwann meistens auch zu blöd.

Die Sterne leuchteten mächtig in dieser Nacht. Sie hatten verschiedene Farben. Manche strahlten eher weiß, manche eher gelb, manche waren gar keine Sterne, sondern Satelliten, sagte Carlos, und der kennt sich mit so was aus.

»Aber im Prinzip ist es ja auch egal, was sie sind«, sagte er und ruckelte seinen Rücken auf der warmen Dachpappe zurecht. »Hauptsache, sie leuchten.«

Ich starrte in den Himmel.

»Hast du Bock auf die Meile?«, fragte ich.

»Pff«, machte Carlos.

»Jetzt sag schon.«

»Ich weiß nicht«, sagte er. »Vielleicht hat Tomek recht, und das ist alles total ungefährlich und nur ein bisschen abenteuerlich, aber was, wenn es doch gefährlich ist?«

Carlos steht nicht so auf Sachen, die gefährlich sind. Er ist der von uns, der am allerwenigsten auf gefährliche Sachen steht.

»Hm«, sagte ich. »Also, wenn es wirklich gefährlich ist, werden wir das schon merken. Und dann müssen wir eben ganz schnell abhauen. Und schnell sind wir doch, Bruder.«

Mit Carlos und mir ist es nicht ganz wie mit Brüdern, denn Brüder streiten sich auch mal. Carlos und ich streiten nie, denn wir sind Spuckbrüder. Ich weiß nicht mehr, wie alt wir waren, als wir unsere Spucke getrunken haben. Vielleicht fünf oder sechs. Wir saßen in meinem Zimmer und haben in einen Becher gespuckt, so viel wir konnten. Hat ewig gedauert, bis der Becher voll war, und am Ende waren unsere Münder ganz trocken, obwohl wir echt viel getrunken haben dabei und jeder drei Kaugummis im Mund hatte. Dann haben wir das mit den Fingern umgerührt, jeder von uns hat genau die Hälfte getrunken, und wir haben uns bei unserer Spucke geschworen, dass wir nie, nie, nie streiten werden.

Carlos hatte danach zwei Tage Bauchweh, ich hatte 42 Fieber. Da ist irgendwas in meinem Kopf passiert, seitdem kann ich supergut rückwärts reden. Wollt ihr mal hören? Hier:

Gnilegnilk, fpolk, fpolk, se tsi zruk hcan nhez.

Klingeling, klopf, klopf, es ist kurz nach zehn.

Oder auch: Carlos holt mich ab. Er holt mich jeden Morgen ab. Wenn wir Schule haben, kommt er schon um halb acht, aber Schule interessiert ja keinen. Schule macht unser Leben kompliziert.

Carlos holt mich also ab, und wir gehen runter auf die Straße, rein in den Kiosk von Ellas Eltern und sehen nach, ob Ella schon da ist. Wenn sie da ist, gehen wir zu dritt zum Hafen und treffen die anderen. Wenn sie noch nicht da ist, lungern Carlos und ich in den Straßen rum, zwischen den alten Häusern. Manche von den Häusern sind so alt, dass sie richtig lieb aussehen. Wie so Großeltern eben.

Früher, als wir noch klein waren, haben wir uns an den Händen gehalten beim Rumlungern. Machen wir heute nicht mehr. Zu uncool.

Und weil wir Spuckbrüder sind, ist die Hand des anderen sowieso immer da. Wir lagen noch eine ganze Weile mit offenen Augen da und beobachteten den Himmel.

Ella schlief nur ein paar Straßen weiter. Wahrscheinlich lag sie in ihrer Hängematte. Sie schläft gern in ihrer Hängematte. Ihr Tanzkleid und die roten Haare bewegen sich dann nämlich im Wind, der durchs offene Fenster reinkommt. Bestimmt träumt sie immer vom Fliegen.

Buxe und Sue lagen vermutlich auf der großen Matratze in Buxes Zimmer. Sue trug vielleicht ein Juventus-Turin-Trikot oder was vom FC Liverpool, Buxe vielleicht einen alten Pyjama von seinem Papa. Sie hielten sich im Arm, wie ich sie kenne, und ihre blonden Haare leuchteten bis nach Übersee.

»Und Tomek?«, fragte Carlos.

»Weißte doch«, sagte ich.

»Ja«, sagte Carlos, »klar. Ich wollte nur sichergehen. Nicht dass er doch los ist, irgendwohin.«

Tomek saß wie jede Nacht auf seinem rostigen alten Kahn

an Deck. Er schaute den Kränen und den Lichtern beim Arbeiten zu. Die sind nachts auch immer wach, genau wie er, und sie klöterten ihm eine Melodie in den Kopf, eine Melodie von ganz weit her. Tomek wartete, obwohl er gar nicht genau wusste, worauf eigentlich.

Dann zählte er zum hundertsten Mal seine Zehen durch.

DER ALTE BOXER

Am nächsten Morgen machte Opa Frühstück für uns und ich las ihm ein bisschen aus der Zeitung vor.

Opa biss abwechselnd in ein Marmeladenbrötchen und nippte an seinem Kaffee. So macht er das immer. Er mag es, wenn das alles im Mund zusammenkommt. Kaffee, Marmelade, Butter, Brötchen.

»Ah, lecker«, sagte er zwischen Kauen und Schlucken.

»Ich muss dich was fragen«, sagte ich und biss auch in mein Brötchen, aber ich hatte keine Marmelade drauf, denn ich mag mein Frühstücksbrötchen lieber mit Käse. Ich finde,

Käse gibt mehr Kraft auf die Muskeln. Opa spülte ein Stück Marmeladenbrötchen mit einem großen Schluck Kaffee runter.

»Was denn, mein Junge?«

»Tomek will, dass wir was anders machen, und ich weiß nicht, ob das gut ist.«

Opa nickte, biss noch mal von seinem Brötchen ab und wartete. Er weiß immer, ob ich fertig bin mit Reden oder ob noch was kommt.

»Aber wenn wir's nicht machen«, sagte ich, »haut Tomek vielleicht ab.«

Kaffee. Nicken.

»Und ohne Tomek geht's ja irgendwie auch nicht.«

Er kuckte mich an, und dann sagte er nur diesen einen Satz: »Ein Boxer muss immer dahin gehen, wo es wehtut, mein Junge. So. Und jetzt muss ich mal aufs Klo.«

Damit hatte er alles gesagt, was es für ihn dazu zu sagen gab. Er nahm einen letzten Schluck von seinem Kaffee, dann stand er auf und ging ins Bad.

Das finde ich so toll an meinem Opa: Er ist überhaupt kein Sabbelheini. Er hört erst zu, dann denkt er nach, und dann sagt er dir, was er von einer Sache hält. Und darauf kannst du dich dann zu hundert Prozent verlassen.

Manchmal abends zum Beispiel, wenn ihm warm genug ist und er noch ein bisschen Kraft übrig hat vom Tag, legt er sich nicht auf die Couch. Dann steht er lieber am Fenster und sucht den Abendstern.

Früher haben sie jeden Abend zusammen den Stern gesucht, mein Opa und meine Oma.

Okay. Ich bin nicht meine Oma. Aber auch ich hab hin und wieder Lust, den Abendstern zu sehen, und so stelle ich mich daneben, wenn ich Zeit hab, und okay: Spätabends hab ich meistens Zeit.

Einmal standen wir beide da am Fenster, und draußen war alles voller Wolken. Der ganze Himmel war voll. Nichts zu sehen, außer der Hafenschimmer. Das sind die Lichter, die die ganze Nacht über an den Kränen und Maschinen leuchten und die den Himmel orange anstreichen. Je mehr Wolken da sind, desto heller leuchtet das Orange, weil die Wolken ja auch hell sind, im Gegensatz zum Himmel. Und klar: je mehr Wolken, desto weniger Sterne.

»Sind ja gar keine Sterne da, heute«, hab ich gesagt und ein mauliges Gesicht gezogen.

»Doch«, hat mein Opa gesagt. »Die Sterne sind immer da, auch wenn man sie gerade nicht sieht.«

An dem Abend hab ich wieder mal kapiert, wie schlau mein Opa ist. Und dass es mit ihm und mir genauso ist wie mit den Sternen.

Aber was hieß das jetzt? Dass ein Boxer immer dahin gehen muss, wo es wehtut?

Ich aß mein Käsebrötchen auf, kuckte noch aus dem Fenster, und irgendwann wusste ich es: Ein Boxer geht dahin, wo es wehtut, weil er nur so die Chance hat, zu gewinnen. Wenn er sich versteckt, wenn er immer nur in seiner sicheren Ecke bleibt und immer nur in Deckung geht, dann gewinnen die anderen.

Tomek hatte recht. Wir mussten mal raus aus unserer Deckung, wenn wir abenteuerlich bleiben wollten.

ES WIRD NICHT GESTRITTEN

»Okay«, sagte ich.

»Okay was?«, fragte Buxe.

Wir saßen am Anleger und alle kuckten mich an. Steuerbord fuhr ein Schiff vorbei.

»Ich finde auch, dass wir unser Revier vergrößern sollten. Und wir könnten ja vielleicht wirklich mal nachsehen, was auf der Meile so los ist. Ist jemand dagegen?«

Keiner sagte was.

Tomek zog die Augenbrauen hoch.

Nach einer kleinen Weile hob Ella die Hand.

»Ich weiß nicht«, sagte sie. »Was, wenn es zu gefährlich ist?«

»Du musst ja nicht mitkommen, wenn du Schiss hast«, sagte Buxe.

»Entweder alle oder keiner«, sagte Sue.

»Genau«, sagte ich. »Alle oder keiner.«

Ella kaute an ihrem Daumennagel. »Ich hab schlecht geträumt«, sagte sie.

»Was hast du denn geträumt?«, fragte Carlos.

Sie zuckte mit den Schultern. »Irgendwas ist schiefgegangen und wir haben uns gestritten.«

»Was soll schon schiefgehen?«, fragte Buxe. »Wenn's blöd ist, lassen wir es eben wieder.«

Ella stand auf, öffnete ihren Sonnenschirm. Hüpfte ein bisschen von hier nach da, tanzte den Anleger runter und wieder hoch, natürlich balancierte sie am Rand, dann setzte sie sich neben Tomek.

»Okay«, sagte sie. »Ich trau mich. Unter einer Bedingung.«

»Und die wäre?«, fragte ich.

»Falls was schiefgeht, wird nicht gestritten.«

Wir streiten nicht viel, aber wenn wir streiten, dann knallt's richtig.

Buxe ist immer am lautesten, Carlos ist sehr schnell wütend, Sue wird gemein, Ella fängt an zu heulen, Tomek will die Stadt verlassen, ich bin stinksauer. Wenn wir uns streiten, ist das eine richtige Scheiße, echt.

»Hand drauf«, sagte ich. »Es wird nicht gestritten.« Ich hielt meine Hand in die Mitte.

»Hand drauf!«, riefen die anderen und schlugen ein, bis wir einen Knoten aus Händen gemacht hatten und nur deshalb nicht ins Wasser rutschten, weil wir uns aneinander festhielten.

Dann standen wir auf und gingen los. Der Nase nach und immer Richtung Meile.

AUF DER MEILE

Das müsst ihr euch mal vorstellen: ein Rummelplatz, aber nicht auf einem Platz, sondern über viele Straßen verteilt. An jeder Ecke ist irgendwas, das bunt ist und blinkt und Geräusche macht. Und, auch das müsst ihr euch mal vorstellen: nur Erwachsene. Keine Kinder unterwegs. Außer uns.

Auf der Meile war es wie nach diesen Straßenfesten, die im Sommer dauernd am Hafen gefeiert werden, nur umgekehrt: Nach den Hafenfesten schlafen alle Erwachsenen bis zum Mittagessen und die Ecken gehören uns allein. Wir fühlen uns dann immer mächtig frei.

Und hier war es jetzt eben genau anders. Alle Ecken gehörten den Erwachsenen. Und wir fühlten uns ziemlich … ja, wie eigentlich?

»So viele Erwachsene um sich zu haben, ist, als würde man in der Klemme sitzen«, sagte Buxe.

»Ja«, sagte Sue. »Wir sitzen in der Klemme.«

»Quatsch«, sagte Tomek, »da muss man sich einfach dran gewöhnen. Die sind eben überall. Das ist völlig normal, Leute.«

Wir standen dumm rum und wussten nicht so richtig, wo wir anfangen sollten.

Ich dachte: Es ist eine schlechte Idee.

Eine sehr schlechte Idee.

Eine totale Scheißidee.

Ich mag es überhaupt nicht, wenn ich draußen bin und nicht weiß, was ich machen soll. Auf der Straße musst du immer wissen, was du machen sollst, sonst bist du verloren.

»Was ist mit denen da?« Carlos zeigte auf zwei Frauen.

Sie standen mehr auf der Straße als auf dem Gehweg, schauten sich dauernd um und hielten ihre Handtaschen fest umklammert. Sie wussten auch nicht so richtig. Vielleicht hatten sie sich sogar verlaufen.

»Die könnten was sein«, sagte ich.

»Ja«, sagte Ella. »Die brauchen doch dringend Hilfe.«

Sie spannte ihren Schirm auf und tanzte schon mal ein bisschen los und wir traten aus dem Schatten. Die einen lehnten sich an die Hauswand, die anderen setzten sich auf diese Poller, die überall rumstehen. Ich kickte ein paar Steine durch die Gegend. Klack, klicker, klack.

Wir machten es wie immer: Wir machten einen auf nett, aber auffällig. Wir taten so, als wären wir die süßesten Eichhörnchen auf der ganzen Welt.

Und schon hatten sie uns entdeckt. Die eine sagte was zu der anderen. Beide waren voll erleichtert. Sie lächelten und kamen auf uns zu.

»Na also«, sagte Tomek leise.

»Hallo«, flöteten die Frauen schon von Weitem.

Die eine hatte einen kurzen Rock an, die andere eine enge Hose, beide hatten lange, hellbraune, glatte Haare, ihre Gesichter waren noch ganz jung, aber mit ihren Handtaschen am Arm und der vielen Schminke sahen sie irre alt aus. Wie diese Frauen halt immer so aussehen, die sonst den ganzen Tag in Büros sitzen.

»Hallo«, sagten wir und waren super.

Die Frauen lächelten.

»Sagt mal«, quietschte die eine und beugte sich fast ein bisschen zu uns runter dabei, und ich dachte, die hat sie ja wohl nicht mehr alle. »Wo geht's denn hier zum Hafen?«

»Ach, zum Hafen«, sagte Ella und hüpfte, »das ist wirklich *ganz* einfach.« Sie erklärte den Weg, aber möglichst kompliziert. Dabei fuchtelte sie mit den Händen in der Luft herum. Je mehr Verwirrung man in dieser Angelegenheit stiftet, desto besser. Die Frauen kuckten Ellas Händen hinterher, gleich würde ihnen schwindelig werden.

»Aber vorher«, sagte Buxe ultracharmant, »müssten Sie natürlich noch bei der Hafenverwaltung vorbei und Kurtaxe bezahlen. Nicht, dass Sie Ärger kriegen.«

»Wie, Kurtaxe?«, fragte die mit der engen Hose, sah zu Buxe und hielt sich an den Schultern von der mit dem Rock fest.

»Fürs gesamte Hafengebiet«, sagte ich und senkte die Stimme ein bisschen, »und auch für diese Ecke hier wird Kurtaxe fällig. Hat Ihnen das niemand gesagt?«

Die Frauen schüttelten den Kopf.

»Auch in Ihrem Hotel nicht?«, fragte Tomek und tat entrüstet.

Wieder schüttelten die Frauen den Kopf.

»So was Blödes«, sagte Sue und holte aus ihrer Tasche einen Satz unserer Kurkarten raus.

Ich machte mich ein bisschen größer, als ich bin, und sagte supererwachsen: »Also, wir übernehmen das gerne für Sie.«

Die beiden starrten mich an, als hätte ich ihnen erst einen Eimer Wasser über den Kopf geschüttet, dann aber ganz lieb die Haare abgetrocknet.

»Ja, bitte«, sagte die mit dem Rock.

»Sehr gute Entscheidung«, sagte Sue und machte zwei Kärtchen klar.

Ich hielt die Hand auf. »Macht dann drei Euro pro Person.«

Die Frauen hatten schneller gezahlt, als der Wind auf Nord drehen konnte. Und weg waren wir.

Wir können so fix sein, wenn wir wollen.

Ja, wir flogen richtig durch die Straßen. Jetzt, wo es geklappt hatte.

»Es hat geklappt!«, rief Sue und klatschte in die Hände. »Leute, es hat geklappt! Wir sind die Größten!«

Alle hüpften ein bisschen und lachten.

Tomek grinste sich einen.

Mitten auf der Meile, wo es noch mal gefährlicher und aufregender war als in der kleinen Blinke-Straße, in der wir eben gewesen waren, stand eine Fußballmannschaft. Also, wahrscheinlich war es gar keine Fußballmannschaft, sondern nur eine Gruppe dicker Männer, die alle die gleichen Trikots anhatten. Grün-weiß geringelte Hemden mit einem grün-weißen Kleeblatt auf der Brust.

Manche Männer hatten sehr helle Haut und rötliche Haare, andere hatten sehr helle Haut und fast schwarze Haare. Was dazwischen gab es nicht. Sie schwankten ein bisschen und sangen ein bisschen und liefen mal dahin und mal hierhin.

»Perfekt«, sagte Sue. »Die wissen ja überhaupt nicht, was los ist.«

Ella spitzte die Ohren.

»Die singen auf Englisch.«

»Weil es Schotten sind«, sagte Sue.

Sie erkannte das an den Trikots. Sue kann alle Trikots auswendig, die es auf der Welt gibt. Weil sie selbst immer nur Trikots trägt. An diesem Tag hatte sie ein spanisches an. Atlético Madrid, glaub ich.

»Auf Schotten hab ich keinen Bock«, sagte Carlos, aber das sagte er nur, weil er unglaublich schlecht in Englisch ist und weil ihn das gleich wieder an die Schule erinnerte, und die Schule mag er nicht, weil sein Vater immer anfängt zu brüllen, wenn es um die Schule geht.

»Dann halt dich raus«, sagte Sue und marschierte schon los.

»Stopp«, sagte ich. »Alle oder keiner.«

Das ist ganz wichtig, Leute. Alle oder keiner. Das dürfen wir nie vergessen. Sonst sind wir keine Bande.

Sue kuckte mich bockig an. Carlos kuckte Sue bockig an.

»Wenn er nichts sagen muss, isses doch okay«, sagte Sue und kuckte mich an.

Ich kuckte Carlos an. Seine Locken sind so dunkel wie seine Augen, und in diesem Moment sah er aus wie ein kleines Gewitter.

»Okay«, sagte er. »Wenn ich nichts sagen muss.«

Sue kuckte mich an und zog die Augenbrauen hoch. Sie wollte sofort losrennen.

»Dann nehmen wir die?«

Ich schaute fragend in die Runde, es sah nicht so aus, als hätte noch jemand was dagegen.

»Aber du redest«, sagte ich.

»Unbedingt«, sagte sie und grinste.

Sue kennt nicht nur jedes Fußballtrikot, das es auf der Welt gibt, sie ist auch noch richtig gut in Englisch.

Also lief sie los und wir liefen hinterher. Sie machte die

Schotten klar, ohne mit der Wimper zu zucken, die Schotten kriegten das eigentlich überhaupt nicht mit. Am Ende, es hatte vielleicht sieben Minuten gedauert, hatten wir dreißig Euro mehr in der Tasche.

Als wir eine halbe Stunde später wieder unten am Hafen saßen, fühlte es sich an, wie in einer warmen Badewanne zu liegen. Sogar Tomek strahlte mit der Sonne um die Wette, was eigentlich so gut wie nie vorkommt.

Und ich dachte, dass die Idee vielleicht doch nicht so beschissen war.

*****

Jedes Mal,
wenn die Nacht vom Himmel fällt,
denke ich,
dass gleich noch was anderes vom Himmel fallen wird,
denn Dinge,
die fallen,
reißen doch immer irgendwas mit.
Dann schaue ich nach oben und warte.
Meistens passiert gar nichts.
Aber manchmal,
wenn so Kleinigkeiten vom Himmel fallen,
stecke ich sie schnell in den Mund
und esse sie auf.

*****

LÄUFT BEI UNS

Der Hafen war immer noch unser bester Ort. Die Touristen fielen uns eimerweise in die Hände, Kirsche war ganz in der Nähe, und Pastor Löwenbein und der Keller waren auch nicht weit. Aber wenn uns nach Abenteuern war, zogen wir jetzt eben auf die Meile. Die Meile war einfach so herrlich gefährlich.

Und die Leute dort waren am Ende doch etwas schwerer zu beeindrucken. Am Hafen waren sie immer schon so grundbeeindruckt vom Panorama und allem. Da mussten wir nur noch ein bisschen Schischi und Huhu machen, und schon glaubten die uns alles.

Auf der Meile waren sie vorsichtiger. Sie rechneten damit, beschissen zu werden, und waren ziemlich wachsam. Das war alles ein bisschen heikler. Da mussten wir noch mal eine Schippe drauflegen. Und wisst ihr, was? Genau das machte so großen Spaß. Das weckte unseren Sportsgeist.

Zum Beispiel: diese eine Familie. Mutter, Vater, zwei Jungs. Die Jungs waren nicht viel älter als wir, die waren, glaub ich, so vierzehn oder fünfzehn, die Ärmsten, ihr wisst schon. Aber die hatten sofort gecheckt, was wir machten. Die mussten wir echt einwickeln, damit wir die Eltern einwickeln konnten.

Erst mal hat Ella eine astreine Seiltanznummer hingelegt. Sie hat auf einer Bank rumgetanzt, die wirklich schmal und wackelig war, und es hat tierisch gedauert, bis die Eltern ihr geglaubt haben, dass die Bank eigentlich ein Seil ist. Weil die beiden Jungs immer wieder gesagt haben, dass sie jetzt aber endlich Burger essen gehen wollen, oder wenigstens Fischbrötchen oder wenigstens irgendwas. Jedes Mal, wenn Ella kurz davor war, die Eltern so richtig schön einzulullen, haben die Söhne sie wieder aus der Lulle geholt. Ich hab zwischendrin gedacht, ich werd gleich verrückt.

Sue und Carlos haben dann irgendwann angefangen, den Jungs Fragen zu stellen.

»Wo kommt ihr denn her?«

»Aus dem Westen.«

»Und was macht ihr hier?«

»Ferien.«

»Und warum?«

»Keine Ahnung, ey.«

»Und wie lange?«

»Fragen wir uns auch.«

»Und was hättet ihr gern?«

»Musik.«

»Kein Problem!«

Sue und Carlos haben direkt losgesungen, Hafenlieder und so. Ella also am Seiltanzen. Sue und Carlos am Singen.

Und in dem Moment haben Buxe und ich uns die Eltern geschnappt. Hab dem Vater den Arm auf die Schulter gelegt und ihm gesagt, was man sich hier jetzt alles ankucken kann. Buxe hat der Mutter erklärt, warum seine Hose nicht kaputtgeht, solange man sie immer schön dreckig macht. Tomek hat sich unauffällig verhalten, Sue hat die Kurkarten aus der Tasche gezogen und sie mir hinterm Rücken in die Hand gedrückt.

Alles in allem hat es bestimmt zwanzig Minuten gedauert, bis der Vater dann irgendwann gesagt hat: »Mensch, Silvie, das mit der Kurtaxe haben wir gar nicht mitgekriegt. Gib mal schnell ein bisschen Kleingeld, die netten Kinder hier regeln das für uns.«

Tomek hatte die Söhne da schon mit einem Lasso an eine Laterne gebunden, warum, wieso und woher das Lasso kam, tut jetzt nichts zur Sache.

Natürlich haben wir sie wieder freigelassen, bevor wir abgedampft sind.

*****

Ich schlafe und träume
von großen Abenteuern
und Fahrten
übers Meer,
mit Wind in den Segeln
und Fischen, die springen,
egal, ob wir sie beachten
oder nicht.
Wir sind dann alle zusammen
und wollen nur weiter
um die Welt.
Wenn Ella ganz oben auf dem höchsten Mast tanzt.

*****

EY, LASS DAS, DU PAPPNASE

Wir klemmten alle bei Kirsche unter der Markise, weil gerade wieder mal ein Riesenregen vom Himmel fiel. Das ging schon seit drei Tagen so. Die Sonne schien für fünf oder zehn Minuten, dann wurde es dunkel und der Wind drehte auf Stärke acht, dann suchten wir uns schnell was, wo wir uns unterstellen konnten, und dann schüttete es. Von wegen Sommer.

Und Tomek und Sue waren maulig. Die wollten auf die Meile zum Kurtaxeeinsammeln. Aber da wären wir gar nicht hingekommen, ohne komplett nass zu werden. Und ich fand, dass es egal war, ob wir uns jetzt am Hafen oder auf der Meile unterstellten, weil sowieso keine Touristen unterwegs waren. Niemand da zum Abkassieren, nicht hier und auch nicht weiter oben im bunten Teil der Stadt.

Aber Tomek und Sue hatten sich eben drauf eingeschossen, dass wir neuerdings einmal am Tag die Meile checken sollten.

»Total langweilig hier«, sagte Sue.

Tomek brummte irgendwas hinterher, was aber keiner verstand.

»Ja, voll langweilig«, sagte Buxe, einfach nur, weil Sue das gesagt hatte.

»Und ihr seid nervig«, sagte ich.

Als wäre der Regen nicht schon doof genug gewesen.

»Pff«, machte Sue.

Tomek kuckte finster.

»Hört auf, euch anzumaulen«, sagte Kirsche. »Wollt ihr noch mehr Pommes?«

Wir hatten an dem Tag schon zweimal Pommes gegessen und es war noch nicht mal Nachmittag. Mehr Pommes gingen echt nicht rein.

Alle schüttelten den Kopf.

»Mehr Limo?«

»Vielleicht«, sagte Carlos, und ich fand, dass das eine gute Antwort war.

»Dann denkt doch noch mal drüber nach«, sagte Kirsche.

Sie schlug den Kragen von ihrem grünen Kleid mit den weißen Knöpfen hoch. »Scheißkalt ist das.«

Tomek trat gegen den Pommeswagen, aber Kirsche fand das nicht so richtig schlimm, das wusste ich noch in dem Moment, in dem Tomek zutrat. Weil Tomek bei ihr fast alles darf.

Trotzdem sagte sie leise: »Ey, lass das, du Pappnase.«

Tomek legte seine dunkle Stirn in Falten, das machte sie noch dunkler. Dann pfiff er auf die Markise, ging drei Schritte nach rechts, stellte sich in den klatschenden Regen, verschränkte die Arme vor der Brust und starrte uns an.

Der alte Troll. Ich hab mich nie großartig gefragt, wie das sein kann, dass Tomek ein Troll ist. Ich kenne ihn ja schon ewig, und er war eben immer ein Troll, also, was soll's? Carlos und ich haben ihn eines Tages am Hafen getroffen, und das ist wirklich lange her, das war, bevor Carlos und ich Spuckbrüder wurden. Wir waren so klein, dass Carlos und ich damals noch gar nicht hätten zum Hafen gehen dürfen, es aus Versehen aber doch gemacht haben.

Tomek saß am Anleger und hat aus Müll irgendwas gebaut, war nicht zu erkennen, was das sein sollte. Und gestunken hat das Zeug auch.

»Was machst du da?«, haben wir ihn gefragt.

»Spielen«, hat er gesagt. »Wieso?«

»Das ist Müll.«

»Und?«

Er sah uns an, als wären wir doof, und baute weiter. Auf seinen nackten Füßen wuchsen feine, dunkle Haare, und statt fünf Zehen hatte er nur vier.

»Warum hast du nur vier Zehen?«, hat Carlos ihn gefragt, bevor ich etwas dagegen unternehmen konnte.

Ich finde immer, dass es keine gute Idee ist, Leute zu fragen, warum sie so oder so aussehen. Fast keiner sieht ja aus irgendeinem Grund so oder so aus. Man sieht eben aus, wie man aussieht. Punkt.

»Weil ich ein Troll bin. Was seid ihr denn?«

»Keine Trolle«, sagte Carlos, und ich fragte: »Wo wohnst du denn?«

Tomek hob seine rechte Hand, was immer total beeindruckend wirkt, weil er echt große Hände hat. Wir zuckten ein bisschen zurück, weil wir dachten: Jetzt haut er gleich. Aber er zeigte nur auf die andere Seite des Flusses, dorthin, wo wirklich der Hafen anfängt, wo man nur mit dem Schiff hinkommt, wo es dunkel, laut und gefährlich ist.

»Da drüben. In so einem alten Kahn. Wieso?«

»Nur so«, sagt Carlos.

»Und deine Eltern?«, fragte ich.

Eltern interessieren mich immer sehr. Weil meine ja weg sind.

Er zuckte mit den Schultern.

»Trolle werden nicht so alt. Schon gar nicht Hafentrolle. Wegen dem ganzen Dreck in der Luft.«

»Warum wohnt ihr dann im Hafen, wenn euch das nicht guttut?«, fragte Carlos.

Wieder zuckte er mit den Schultern. »Is halt so.«

»Hm«, sagte Carlos.

»Hm«, sagte ich.

Dann fragten wir, ob wir mitspielen könnten, und Tomek nickte. Wir bauten Sachen aus Müll, bis die Schatten lang wurden und wir nach Hause mussten. Tomek sagte zum Abschied, er wäre am nächsten Tag wieder da, und wir hatten das Gefühl, dass er vielleicht Freunde suchte, aber so richtig sicher waren wir uns nicht.

Irgendwas an ihm war unheimlich.

Das ist immer noch so. Tomek hat auf jeden Fall was Unheimliches, manchmal guckt er, als würde er gleich jemanden beißen wollen oder so.

Aber wenn ihr ihn kennen würdet, dann wüsstet ihr, dass er niemandem was tut. Er ist einer, der Regenwürmer vorm Verdursten rettet, der Vogelbabys aufzieht, die aus dem Nest gefallen sind, und der für uns alle sein Essen geben würde, wenn wir das, was er gerne isst, denn essen würden.

Wie ihr wisst, isst er sehr gern Pappteller, Löwenzahn und Birkenrinde, hin und wieder muss es auch ein rostiger Nagel sein oder eine alte Fischdose, am liebsten Makrelendosen. Dazu trinkt er Unmengen von Brackwasser, Cola und Tomatensaft.

Einmal waren wir allein am Hafen, das war im vorletzten Sommer. Da hab ich ihn gefragt, ob er eigentlich schon immer bei uns im Hafen war. Er hat gesagt: »Nö. Erst war ich auf einem Schiff in Norwegen. Dann ist das Schiff irgendwann weggefahren. Und jetzt bin ich halt hier.«

»Und deine Eltern?«

Ich hab euch ja schon gesagt, dass Eltern mich interessieren, aber nur so als Idee. Deshalb hab ich noch mal gefragt.

Da hat er nichts mehr gesagt und erst mal eine Stunde lang an einem alten Angelhaken geknabbert. Seitdem hab ich ihn solche Sachen nie wieder gefragt.

Was ich gerne mal wissen würde: Ob er eigentlich irgendwas Besonderes draufhat, irgendeinen Troll-Spezial-Trick, weil ich oft das Gefühl habe, ganz viel von dem, was mit Tomek los ist, nicht zu kennen.

Aber für solche Fragen muss man echt den richtigen Zeitpunkt abwarten. Oder noch besser: warten, bis der andere damit anfängt. Wenn Tomek etwas Wichtiges zu erzählen hat, fängt er früher oder später immer selbst damit an.

Und jetzt stand Tomek da vor uns im Regen, genau neben der Markise, mürrisch bis nach Amerika, sagte gar nichts mehr und starrte uns an.

Carlos und Ella verdrehten die Augen, das machen sie immer, wenn sie irgendwas so überhaupt nicht verstehen. Die beiden Deckenkinder. Machen ganz viel gleich. Die lagen nämlich schon als Babys nebeneinander auf einer Decke, weil der Kiosk von Ellas Eltern ja in dem Haus ist, in dem Carlos und ich wohnen. Sie gurkten immer schön auf dem Kioskboden rum, in dieser ruhigen Ecke hinterm Tresen, in der jetzt die Palme steht, weil die Eltern alle arbeiten mussten, und da haben sie die Kinder eben zusammen auf dieser Decke geparkt.

Ella sagt, sie hätte sich als Erste umgedreht.

Carlos sagt, das war er.

Aber ansonsten haben sie immer sehr viel Verständnis füreinander, geht ja auch gar nicht anders.

Ich kuckte in den Himmel. Fast schwarz. Irgendwas stimmt hier nicht, dachte ich, und ich wusste nicht, ob es am Wetter lag oder an uns.

IM AUTO SITZT IHR DOCH ALLE HINTEN

Am Abend war der Regen weg. Typisch. Dann, wenn es für uns eigentlich schon zu spät war. Wir hatten maximal noch eine Stunde, dann hatten wir auf der Meile nichts mehr zu suchen.

»Wenn sie uns danach erwischen, gibt's Stress«, sagte ich.

»Von wem?«, fragte Tomek, und er klang ganz schön krawallig.

»Polizei«, sagte ich. »Und Stress mit der Polizei kann ich nicht gebrauchen.«

Tomek pfiff durch die Zähne. Er glaubt mir das mit dem

Stress und der Polizei immer nicht. Aber ich sag euch, wie es läuft: Wenn die Polizei mich bei irgendwas erwischt, bringen sie mich nach Hause. Das machen die immer so, Kinder werden nach Hause gebracht, wenn sie bei irgendwas erwischt werden, was nicht erlaubt ist. Das wäre jetzt im Grunde nicht so schlimm, man kann natürlich mal von der Polizei nach Hause gebracht werden, aber bei mir zu Hause wäre dann ja nur mein Opa. Und vielleicht gilt das nicht als richtige Familie, so ein alter Seemann und Boxer ohne eine vernünftige Oma an seiner Seite. Wenn die Polizei einen zu Hause abgibt, braucht man aber eine richtige Familie. Sonst geben sie einen im Kinderheim ab, und zwar direkt.

»Die geben mich direkt im Kinderheim ab«, sagte ich.

Tomek zog wieder Luft durch die Zähne ein.

Der hatte echt gut Lufteinziehen.

»Von dir wissen sie nicht mal, dass du da bist«, sagte ich. »Du haust in dein Schiff ab und bist weg. Mich ziehen sie aus dem Verkehr.«

»Quatsch«, sagte Tomek.

»Doch«, sagte ich. »Die haben mich auf der Liste, seit meine Oma tot ist. Die beobachten mich.«

»Quatsch«, sagte Tomek noch mal und kickte einen Stein an die Kirchenwand.

Wir standen draußen und checkten das Wetter. Die anderen waren im Keller und checkten sich selbst.

»Pass auf«, sagte Tomek, »wenn sie uns erwischen, bring ich dich in Sicherheit. So schnell können die gar nicht kucken.«

»Wie willst du das denn machen?«

»Merkst du dann schon.«

Das Ding ist, dass Tomek mich noch nie angelogen hat. Noch NIE. Wenn er also sagte, er würde mich vor der Polizei in Sicherheit bringen, dann würde das auch passieren.

»Okay«, sagte ich. »Lass uns die anderen holen und auf die Meile gehen.«

Wir stapften runter in den Keller, wir sagten, was Sache war, alle waren sofort dabei, es musste ja irgendwie noch was passieren heute, und keine zehn Minuten später standen wir in einer sehr bunten Straße mit sehr vielen Lichtern. Alles blinkte und tat ganz großartig.

»Huuh«, sagte Sue, »wie das wieder blingblingt.«

»Jo«, sagte Carlos. »Aber gar keine Leute hier.«

Wo er recht hatte, hatte er recht. Es war merkwürdig ruhig auf der Meile. Wahrscheinlich das Wetter.

»Da hinten«, sagte Ella und zeigte nach links, »vor dem Kiosk.«

Vor einem kleinen Kiosk standen ein Mann und eine Frau und sahen verloren aus. Die Frau hatte sehr blonde Haare, ein komisches Blond war das, die Haare waren fast gelb.

»Die Frau mit den Margarinehaaren?«, fragte Buxe.

»Ja«, sagte Ella, »genau die. Und der Mann hat eine von diesen Jacken an.«

Es war eine von diesen hässlichen Jacken mit Kapuze und ganz vielen Taschen oben und unten, wie die Leute sie tragen, wenn sie wandern gehen.

Wir schlenderten da mal vorbei.

Lief sofort total super. Wir hatten kaum »Hallo« gesagt, da hatten wir denen schon die Kurtaxe abgeknöpft. Es lief fast zu super.

Und dann kam es, wie es kommen musste: Es lief vollkommen schief.

Aus dem Kiosk kamen ein paar Typen raus.

Ich zählte sie schnell durch.

Eins, zwei, drei, vier, fünf. Es waren fünf Typen und sie sahen böse aus. Eigentlich sahen sie natürlich voll kacke aus.

Die hatten dicke Jogginghosen an und zu große Jacken mit Mustern drauf, die einen richtig verrückt machten. Sie trugen klobige Turnschuhe und auf dem Kopf so einen Glatzenstrich an der Seite. Also an den Seiten alles kurz rasiert, dann diesen Glatzenstrich, bei dem die Haare auf vielleicht einen halben Fingerbreit komplett wegrasiert sind, und oben war so was wie ein Katzenpelz. Die Typen schüchterten mich ein, weil sie groß waren und uns schäbig ankuckten. Sie hatten eine wirklich fiese Art drauf, aber ich dachte auch: Wenn ich so eine Frisur hätte, würde ich mich im Schrank verstecken.

Alle fünf Typen hatten die Arme vor der Brust verschränkt und die Mundwinkel nach unten gezogen und sie hatten ziemlich schwarze Augenbrauen. Es sah aus, als würden sie die morgens mit Filzstift nachmalen.

Sie bauten sich vor uns auf, in einer bekloppten, unfreundlichen Reihe, sie standen da, als wären sie eine Mauer.

»Was wollt ihr denn hier?«, sagte der Kleinste von denen, der aber bestimmt dachte, er wäre der Größte.

»Nix«, sagte ich, »und ihr?«

»Hier ist doch gerade Kohle gewandert«, sagte der kleine Fiese.

»Was für Kohle?«, fragte ich.

»Kleingeld«, sagte einer von den anderen.

»Hab ich auch gesehen«, sagte ein anderer, einer, der besonders schlecht gelaunt aussah.

»Das ist unser Revier«, sagte der kleine Fiese, »hier sammeln wir die Kohle ein, das wisst ihr ja wohl, ihr kleinen Pupser.«

Wussten wir nicht. Und wir wussten vor allem nicht so richtig, was das jetzt sollte. Die waren so überraschend gekommen. Ist ja normal: Wenn man von jetzt auf gleich angeschnauzt wird, und man weiß nicht mal, warum eigentlich genau, dann schnallt man erst mal gar nichts. Das fühlt sich an wie so zack, ein Eimer Wasser überm Kopf.

Tomek kam als Erster wieder klar. Er drückte die Schultern nach hinten, und auch wenn er nicht besonders groß ist, ist er ziemlich breit, gerade dann, wenn er die Schultern nach hinten drückt. Er kuckte die Typen einen nach dem anderen an, ganz langsam.

Dann sagte er: »Im Auto sitzt ihr doch alle hinten.«

Das war unser Signal. Wenn Tomek frech wird, sollen wir zusehen, dass wir wegkommen.

Wir rannten los. Geradeaus, erst mal immer weiter geradeaus, wir sind eine enge, schnelle Gruppe. Dann rechts runter, weg von der Meile, runter zum Hafen, in unseren Teil der Stadt.

»Alter!«, rief Buxe. »Wer sind die denn?!«

»Keine Ahnung«, sagte ich, »aber so richtig gefallen tun die mir nicht«, und Carlos zischte: »Ich hab total Schiss vor denen, ey.«

»Ich auch«, schnaufte Ella, »die sind so hässlich!«

Es fing schon wieder an zu regnen. Das Wasser fiel wie Knüppel auf uns runter, bämm, bämm, bämm.

»Aua«, sagte Sue.

»Weiterrennen!«, rief ich.

Meine Augenwinkel sagten: Die fiese Gang lässt uns nicht einfach weg. Die waren ab jetzt hinter uns her, warum auch immer. Und sie waren mit ziemlich großen Schritten hinter uns her.

»Geht's auch schneller?!«, rief ich.

»Klar!«, rief Buxe.

»Nee!«, riefen die anderen.

»Dann müssen wir Haken schlagen«, zischte ich, und wir schlugen ein paar fixe Links-Rechts-Kombinationen. Straße, Hinterhof, Querstraße.

Das ging ein paar Minuten so. Dann standen wir vor Ellas Kiosk. Also, vor dem Kiosk von Ellas Eltern natürlich. Wir haben halt immer das Gefühl, dass das eigentlich Ellas Kiosk ist.

»Rein da«, sagte ich.

Wir rannten gegen die Tür. Die Tür war zu.

»Scheiße«, sagte Ella. »Die sind schon losgefahren.«

Ella hatte während des Tages erzählt, dass ihre Eltern für den Rest der Woche wegfahren wollten, ich hatte aber schon wieder vergessen, wohin eigentlich, aber das war jetzt ja auch egal, denn die Tür zum Kiosk war nun mal zu.

Und da kamen auch schon die Typen um die Ecke gerannt. Sie waren so schnell bei uns, so schnell konnten wir nicht mal »Ach du große Scheiße« sagen.

»So, ihr Schnullis«, sagte der kleine Fiese und schob die Zunge zwischen Oberlippe und Schneidezähne. Dann ließ er sie schnalzen, also die Zunge, meine ich.

Wir sagten nichts und schauten alle grimmig aus der Wäsche. So grimmig, wie wir nur konnten.

»Was soll die Nummer, die ihr da in unserem Revier abzieht?«

Wir sagten immer noch nichts. Wir Jungs zogen die Augenbrauen zusammen, was bei Tomek natürlich sehr viel gefährlicher aussah als beim Rest von uns, aber hey, besser als gar nix machen. In solchen Situationen.

»Los, ihr Babys, sagt mal was.«

Der kleine Fiese kam einen Schritt näher und kuckte mir in die Augen. So von Chef zu Chef. Tomek stellte sich dichter an mich ran.

»Wir haben denen nur ein bisschen geholfen«, sagte ich und strengte mich richtig an, nicht auf den Boden zu kucken oder sonst was zu machen, das denen zeigte, dass ich nervös war. Wenn die merkten, dass ich nervös war, hätten sie uns im Sack. Und wir sind nicht gern in irgendwelchen Säcken. In Säcken ist man immer allein, allein.

»Geholfen, so, so«, sagte einer mit besonders vielen lila Pickeln im Gesicht. Von uns hatte keiner Pickel im Gesicht. Die hatten fast alle irgendwo Pickel.

Ihr Pickelblödmänner, dachte ich.

Der kleine Fiese kuckte Ella an.

»Deinen Eltern gehört doch der Kiosk hier.«

Ella wusste, dass es dumm wäre, jetzt um den heißen Brei rumzureden. Ella ist zu klug für so einen Scheiß.

»Na und?«, fragte sie.

»Vielleicht besuchen wir die morgen mal und erzählen denen, dass ihr euch auf der Meile rumtreibt.« Er ging ganz nah an Ella ran. »Und dann kommen wir jeden Tag wieder, und deine Eltern müssen uns jeden Tag Geld geben, damit mit diesem schönen, kleinen Kiosk hier nicht plötzlich was ganz Blödes passiert. Damit es nicht brennt oder so.« Er trat wieder einen Schritt zurück und kuckte uns alle an, einen nach dem anderen. »Ja, ich glaube, so machen wir das.«

»Keine gute Idee«, sagte Tomek in einem Tonfall, als wäre er bei der Mafia oder zumindest bei der Polizei, aber letztlich war das natürlich wirklich eine schlechte Idee, weil Ellas Eltern waren ja gar nicht da.

»Das«, sagte der kleine Fiese, »entscheiden die, die im Auto hinten sitzen.«

Er schob noch mal die Zunge so komisch unter die

Oberlippe und damit sah er noch hässlicher aus als sowieso schon. Dann drehten sie sich alle gleichzeitig um und zogen ab.

Wir standen noch lange im Regen vorm Kiosk rum und zitterten uns gegenseitig was vor.

KIOSK KAPUTT

Am nächsten Tag gegen Mittag kamen sie zurück.

Wir hatten den Vormittag über so getan, als wäre gestern nichts Großartiges passiert. Manche Dinge werden erst dann bedrohlich, wenn man zu viel über sie redet, Monster unterm Bett zum Beispiel oder picklige Typen, die sich aufführen, als hätten sie was zu sagen.

Über picklige Typen, die böse kucken, im Schnitt drei Köpfe größer sind als der größte deiner Bande und noch dazu direkt vor dir stehen, musst du jedoch gar nicht reden, um vor ihnen Angst zu haben. Diese Angst kommt von ganz allein.

Und die Typen konnten sie wahrscheinlich riechen, zumindest wussten sie ziemlich genau Bescheid, wie es um uns stand, das machte schon die Art, wie sie ihre Schlüssel in die Luft warfen, sonnenklar. Fünf Typen, fünf Schlüssel. Dicke Schlüssel. Sie warfen sie hoch und fingen sie wieder auf, diklicker, diklacker, diklack, immer wieder.

Für eine kleine Weile fühlte es sich an, als würden sie nie wieder damit aufhören. Als würden sie jetzt bis ans Ende aller Zeiten hier stehen, uns knurrig anschauen und ihre Schlüssel in die Luft werfen.

»Naaa?«, sagten sie, und sie sagten es so laut, als wären wir taub.

»Was naaa?«, fragte ich zurück und versuchte, dabei möglichst souverän zu wirken. Ich redete mir ein, dass ich zwanzig Zentimeter größer sei. Manchmal kann ich das ziemlich gut, klappt aber nicht immer. Diesmal: eher so mittelgut.

Der kleine Fiese machte wieder diese eklige Sache mit seiner Zunge und seiner Oberlippe und dazu ein schmatzendes Geräusch.

Bei einem von den beiden Großen zuckte der Glatzenstrich, keine Ahnung, warum und wie er das gemacht hatte, vielleicht wollte er zeigen, wo er überall Muskeln hatte.

Der kleine Fiese ließ seine Zunge unter der Oberlippe hervorschnalzen und sagte: »Naaa, wieder mal auf der Meile gewesen, mein ich natürlich.«

Ich zog die Augenbrauen hoch und antwortete nicht.

Wenn man nicht weiß, was man sagen soll, am besten erst mal gar nichts sagen.

»Wo sind denn überhaupt deine Eltern?«, fragte der Große mit dem zuckenden Glatzenstrich und pikste Ella mit dem Zeigefinger an die Stirn.

Sein Fingernagel war ekelhaft zerkaut und total schmutzig, aber Ella blieb oberlässig, zuckte mit den Schultern und sagte: »Meine Eltern sind nicht da. Wenn du was von ihnen willst, musst du das schon mir sagen.«

Das ist das Krasse an Ella. Sieht aus wie eine Zauberelfe, fängt auch schnell mal an zu heulen, aber wenn es ernst wird, ist sie stabil wie ein Stein.

Die Typen fingen an, im Kiosk rumzulaufen.

Sie steckten ihre Schlüssel in die verbeulten Taschen ihrer dicken Jogginghosen, damit sie die Hände frei hatten. Die Hände brauchten sie nämlich, um die Sachen aus den Regalen zu räumen. Mit jedem Schritt, den sie durch den kleinen Kiosk machten, landete etwas anderes auf dem Steinfußboden und ging kaputt, meistens waren es Flaschen. Limonade, Cola, Malzbier, Orangensaft. Was nicht kaputtgehen konnte, nahmen sie einfach und stopften es in sich rein. Chips, Gummibärchen, Schokolade. Während sie so in der Gegend herumzerstörten und sich mit den leckersten Sachen vollstopften, machten ihre Turnschuhe laute Quietschgeräusche.

Tomek und ich waren voll auf Zinne, wir standen mit den Schultern nach vorn und geballten Fäusten nebeneinander, hinter uns standen Carlos und Buxe und Sue in genau der gleichen Haltung, aber vor uns stand Ella, sie stand genau in der Mitte zwischen Tomek und mir und sie hielt uns mit beiden Armen zurück.

»Lasst sie«, flüsterte sie, und Tomek zischte: »Das zahlen wir denen heim.«

Ich dachte die ganze Zeit: Wär ich nur größer, wär ich nur größer, verdammt, wär ich nur größer, ich kann doch boxen. Und ich schwor mir, ab jetzt öfter zum Boxtraining zu gehen, damit uns so was spätestens dann, wenn ich einen Kopf größer wäre, nie mehr passieren würde.

Ich musste immer auf die lila Pickel und die Filzstiftaugenbrauen kucken. Sie räumten das letzte Regal ab, der kleine Fiese baute sich vor uns auf, ließ eine Tüte Kakao fallen und kickte sie in eine Ecke. Die Tüte platzte, der Kakao spritzte gegen die Wand und Ella fing ganz leise an zu fauchen. Tomek knurrte.

»Schaut euch das gut an«, sagte der kleine Fiese. »Auf der Meile kassiert keiner Geld von Leuten ab, außer uns. Und wenn wir euch noch mal auf der Meile erwischen, machen wir es mit euch genauso wie mit all den schönen Sachen hier.« Er schob Ella zur Seite und kam ganz nah an mich ran mit seinem ekligen Gesicht. »Das gibt bestimmt 'ne Riesensauerei.«

Dann drehte er sich um und zog ab. Die anderen trotteten hinter ihm her und machten wieder komische Geräusche beim Gehen, aber diesmal wusste ich nicht, ob sie von ihren Schuhen kamen oder aus ihren Mündern.

»Ich glaub, es hackt!«, rief Buxe, als sie verschwunden waren, und trat mit dem Fuß gegen die Wand.

Ella starrte die leeren Regale und das Chaos auf dem Fußboden an.

»Deine Eltern drehen durch«, sagte Sue.

»Ja«, sagte Ella, »die haben eben mal locker das Geld einer ganzen Woche verloren.«

Ich wusste, dass es nur eine Möglichkeit gab, es wiedergutzumachen, und sagte: »Wir müssen das ersetzen.«

»Und wie sollen wir das machen?«, fragte Carlos. »So viel kriegen wir niemals zusammen.«

»Wir lassen für heute Abend Gras über die Sache wachsen«, sagte ich. »Und ab morgen gehen wir jeden Tag auf die Meile.«

Alle außer Tomek machten dicke Backen. Keiner hatte Lust, diesen idiotischen Typen noch mal zu begegnen.

»Hast du nicht gesehen, was die mit der Kakaotüte gemacht haben?«, fragte Buxe.

»Wir lassen uns einfach nicht erwischen«, sagte ich, und Tomek sagte: »Wir müssen eben schlauer sein als die.«

Ich fing an, ein paar Zeitungen aufzuheben, und dachte, dass das mit dem Schlauersein eigentlich machbar sein sollte.

WAS DIE PICKELGANG ZURÜCKGELASSEN HAT

Ellas Eltern würden also am Wochenende von dieser Reise zurückkommen, auf der sie gerade waren. Die machten das öfter mal, dass sie irgendwohin fuhren und Ella allein ließen, wobei Ella dann natürlich nie wirklich allein war. Wir waren ja da, und Carlos und ich wohnten sogar im selben Haus, in dem der Kiosk war. Wenn sie wollte, konnte sie einfach bei einem von uns schlafen, oder sie schlief bei Sue und Buxe. Und man muss sagen, dass Ella auch einfach der Typ Mädchen ist, den man sehr gut allein zu Hause lassen kann. Ich hab noch nie erlebt, dass Ella mit irgendwas nicht klargekommen wäre. Und wenn sie mal wirklich nicht weiß, was sie machen soll, spannt sie ihren Schirm auf und tanzt. Spätestens dann fällt ihr immer was ein.

Von wegen klarkommen: Wir hatten noch genau fünf Tage Zeit, um die Sache mit dem Kiosk in Ordnung zu bringen. Aufräumen, ein bisschen rechnen, die Kasse auffüllen … Und dann so tun, als hätte Ella den ganzen Kram supertoll verkauft!

Wir fingen also mit Aufräumen und Rechnen an.

Alles, was kaputt war, kam in große Müllsäcke, Carlos und Buxe checkten die Preise, Sue schrieb sie auf, Tomek und ich wischten den Boden, während ich ein bisschen rückwärts sprach, damit es für alle lustiger war. Ella rechnete am Ende zusammen.

»348 Euro 50«, sagte sie und schob das, was die Pickelgang übrig gelassen hatte, einigermaßen ordentlich in die Regale.

»Okay«, sagte ich. »Das kriegen wir auf jeden Fall hin.«

Sicher war ich mir da leider überhaupt nicht, und ich hätte mir gerne mal eben so richtig die Haare gerauft, dachte aber, dass die anderen vielleicht Angst kriegen könnten, wenn sie merkten, dass ich mir nicht sicher war.

Und dann hatten wir plötzlich einen Bärenhunger, und ich vergaß, was ich mit meinen Haaren vorgehabt hatte.

MIT UNS STIMMT DOCH WAS NICHT

Kirsche hatte aber mal richtig zu tun. Wir mussten tatsächlich warten, bis wir dran waren. Das muss man sich mal vorstellen, so was passiert bei Kirsche fast nie, also dass *wir* mal warten mussten.

Pastor Löwenbein wartete mit uns zusammen. Er hatte die Hände in den Hosentaschen und blinzelte in die Sonne. Macht er immer. Er liebt es, in die Sonne zu blinzeln.

»Auch, wenn sie gar nicht da ist?«, hab ich ihn mal gefragt, weil ich manchmal gar keine Sonne sehen kann, wenn er nach oben schaut und blinzelt, und da dachte ich, dass der Pastor vielleicht mit der Sonne das gleiche Ding laufen hat wie mein Opa mit den Sternen.

»Ja«, hat er da gesagt, »sogar nachts.«

Aha. Hatte ich wohl richtig gedacht.

Wir warteten also und allen knurrten die Mägen.

Nur Tomek, der knurrte so vor sich hin.

Pastor Löwenbein riss sich von der Sonne los und schaute uns an. Jeden einzeln, der Reihe nach.

»Mit euch stimmt doch was nicht.«

Ich versuchte, unauffällig zu kucken, und sagte: »Was soll denn nicht stimmen?«

»Ihr seid so still.«

»Wir haben nur Hunger«, sagte Ella, und was Besseres fiel mir auch nicht ein.

Jetzt knurrte auch Pastor Löwenbein. »Kuckt mir mal in die Augen. Mit euch stimmt doch was überhaupt nicht.«

Keiner antwortete. Was hätten wir auch großartig erzählen sollen, so mal eben in der Pommesschlange – dass wir in den schwierigsten Schwierigkeiten aller Zeiten steckten? Das wäre ja auch irgendwie beknackt gewesen.

Als wir dann endlich dran waren, hatten wir so lange und heftig nichts gesagt, dass wir kaum noch sprechen konnten. Kirsche kuckte uns sparsam an und stellte uns das Übliche auf den Tresen. Sechsmal Pommes und fünfmal Limo, ein Malzbier und ein paar extra Pappteller für Tomek.

Wir aßen mit gesenkten Köpfen, Kirsche und Pastor Löwenbein hatten ihre Köpfe schief gelegt und tuschelten.

Die beiden tuschelten öfter mal, das war bei denen so üblich, da dachte sich keiner was bei.

Pastor Löwenbein ist jetzt keiner von diesen Pfarrern, die nicht heiraten dürfen. Er dürfte, wenn er wollte, hat er mal gesagt, als ich ihn gefragt habe. Aber er will wohl nicht. Sonst wäre er ja mit Kirsche verheiratet. Weil er und Kirsche, das wäre schon was, auch wenn Kirsche immer sagt, dass sie zu alt ist für einen Mann.

Ich kenne keine anderen Erwachsenen, die so top zu Kindern sind, außer meinem Opa vielleicht.

Wenn Kirsche und Pastor Löwenbein verheiratet wären und immer zusammen, dann würde es jeden Tag Pommes und Freiheit aus Eimern geben und überhaupt alles.

Aber das gibt's ja auch so.

Und wenn beide sagen, dass sie nicht heiraten wollen, dann muss man da eigentlich auch gar nicht drüber nachdenken.

Wobei: Es gibt Momente, da lächeln die sich so komisch an. Dann sagt immer keiner mehr was und alle müssen grinsen.

Aber jetzt grinste keiner. Es war irgendwie nicht so richtig Grinsezeit.

»Nää«, sagte Kirsche, als wir fast aufgegessen hatten, »mit euch stimmt ja echt gar nix heute.«

Wir blieben um den Pommeswagen sitzen, bis es Abend wurde. Wir hätten uns an diesem Nachmittag nicht mal in unserem Keller sicher gefühlt.

Unsere Welt war plötzlich eine andere geworden.

VIELLEICHT

Seit Tomek vor zwei Jahren von der anderen Hafenseite auf unsere gezogen ist, damit wir nicht immer ein Boot brauchen, wenn wir ihn mal besuchen wollen, liegt sein Schiff am gleichen Platz, versteckt im hinteren Teil vom Binnenhafen. Ein rostiger, alter Kahn mit einem dicken Bauch, die meisten Leute halten den Kahn für komische Dekoration, und das ist natürlich sehr gut so.

Und wir müssen jetzt, wenn wir Tomek besuchen wollen, nur noch über die eine oder die andere Brücke laufen, und schon ist man da.

Als es dunkel war, sagte ich zu meinem Opa, dass Tomek und ich noch mal was besprechen müssten, und lief los. Obwohl ich gar nicht so genau wusste, was wir eigentlich zu besprechen hatten. Da war nur so ein Ding in meinem Bauch, das klammerte sich an irgendwas fest, und ich dachte, dass das vielleicht rauswill und dass es irgendwas mit Tomek zu tun haben könnte.

Überall im Hafen waren Lichter an, aber nicht die hellen Lichter, sondern diese gelben Laternen, die so tun, als wären sie ein staubiger Mond. Tomek saß an Deck seines Schiffs und unterhielt sich mit einer Ratte.

Ich kletterte an Bord, setzte mich dazu und wusste nicht, was ich sagen sollte. Tomek und die Ratte hörten auf zu reden. Wir starrten zu dritt in den Himmel, der auch nichts Besonderes im Angebot hatte. Dann gab Tomek der Ratte ein Zeichen und sie machte sich vom Acker.

Es kommt nicht oft vor, dass wir zwei hier spätabends noch mal sitzen. Wenn es vorkommt, wissen beide, dass was los ist.

»Was'n los?«, fragte Tomek.

»Weiß ich nicht«, sagte ich. »Du?«

Tomek biss sich einen Fingernagel ab, spuckte ihn ins Wasser und überlegte eine Weile. Dann sagte er: »Es ist wegen Sue.«

Wegen Sue? Wie jetzt?, dachte ich und sagte: »Hä?«

»Ich mag sie«, sagte Tomek.

»Ich weiß, ich mag sie auch«, sagte ich. »Alle mögen sie, sie ist verdammt toll.«

»Ich mag sie anders«, sagte Tomek.

»Wie, anders?«

Jetzt verstand ich überhaupt nichts mehr, obwohl natürlich alle wussten, dass Tomek Sue besonders gern mochte.

»Weiß ich nicht«, sagte Tomek und biss sich den nächsten Fingernagel ab. Die Ratte kam zurück und setzte sich wieder neben ihn. »Ich will, dass sie nur mich mag.«

Das war es also. Tomek fand, dass Sue seine Königin war.

»Ist Sue vielleicht ...« Ich machte eine Pause, weil so was ja auch immer ein bisschen peinlich ist, kenne ich ja von mir. »Also, ich meine, ist sie vielleicht deine Königin?«

Tomek kuckte mich an und sagte: »Ja. Vielleicht. Kann schon sein.«

Dann stand er auf und sprang ins Wasser. Die Ratte zuckte mit den Schultern und sprang hinterher.

Als ich nach Hause ging, kam mir diese ganze Straßenbeleuchtung total kompliziert vor.

*****

So viele Dinge da draußen,
vor denen du Angst haben kannst.
Monster,
Seeungeheuer,
Mädchen,
ein Ball im Gesicht.
Du kannst dich ja unterm Bett verkriechen.
Oder du sagst:
Ey.
Lass mal stecken,
Angst.

*****

BANDE BEI DER ARBEIT

Und so machten wir am nächsten Vormittag wie üblich ein paar Touristen am Hafen klar und sammelten fünfzig Euro ein. Dann sammelten wir Pommes und Mut bei Kirsche ein, danach sammelten wir uns kurz im Keller, um den Mut auch noch aus den letzten Ecken zu kramen – und dann machten wir uns auf die Reise zur Meile. So in der Art war der Plan für die nächsten Tage: Hafen, Kirsche, Keller, Kohle. Dann schnell abhauen.

Am ersten Tag klappte das alles ganz gut.

Wir trafen zwei Familien, die nicht so richtig wussten, wohin, und denen wir zwar Geld abgeknöpft, am Ende aber auch wirklich geholfen haben. Wir trafen ein paar junge Frauen mit sehr bunten Hüten auf den Köpfen, denen sowieso alles egal war, und wir trafen einen Schachclub, der dabei war, in die falsche Richtung zu laufen. Sonst trafen wir niemanden.

Abends saßen wir alle bei mir auf dem Dach, schön vorne am Rand, was ja fast ein bisschen zu aufregend ist, und ließen die Beine baumeln.

Nur Tomek und Sue, die lehnten am Kamin. Ich dachte kurz darüber nach, ob ich jetzt eigentlich lieber mit Sue am Kamin lehnen wollte, aber das wollte ich gar nicht. Ich wollte, dass es allen gut ging. Am liebsten wollte ich, dass alles so blieb, wie es in genau diesem Moment war auf dem warmen Dach.

Wir alle zusammen. Eine Bande.

Am zweiten Tag klappte alles eher so mittelgut. Der Vormittag war ziemlich super, was die Touristen am Hafen anging, aber Tomek redete noch weniger als sonst, ihm war irgendeine Laus über die Leber gelaufen, und ich hatte das Gefühl, dass das ein schlechtes Zeichen sein könnte.

Der Nachmittag lief dann sogar echt richtig glatt, also, wir konnten am Anfang der Meile einen ganzen Reisebus abfangen, aber Tomek sagte spätestens da nun wirklich überhaupt nichts mehr, und ich hatte keinen Schimmer, warum.

Abends regnete es.

Wir saßen im Keller und zählten das Geld.

»Fast 200 Euro«, sagte Ella und ließ sich auf die Couch fallen. »Puh.«

»Das haut locker hin«, sagte ich, »mach dir keine Sorgen. Wir haben noch drei Tage.«

Es war echt gut gelaufen.

Sue saß neben Ella auf der Couch und hatte einen Strohhalm im Mund. Sie trank Cola aus der Flasche und machte diese Strohhalmgeräusche.

Chrchrchrchr.

Carlos und Buxe lagen extraquer auf dem Flokati, sie hatten die Augen zu und sahen plötzlich ganz klein aus, als wären sie noch kleine Jungs, als wären wir alle noch klein, aber das sind wir ja überhaupt nicht mehr. Ich meine: Wir checkten die Meile!

Tomek fuhr mit dem Drehstuhl hin und her und nagte an einem Stück Pappe, in seinen vielen Haaren steckte irgendein Ding, das er gefunden hatte. Ich konnte nicht erkennen, was für ein Ding das war, es war nichts, was man jetzt einfach so kannte, aber es war dunkel und zackig und sah ein bisschen gefährlich aus. Das Ding war wie ein Schild, auf dem stand: UND WEHE, DU FRAGST MICH, WAS LOS IST.

Ich sah mir das Ding eine Weile an, dann marschierte ich noch ein bisschen durch den Keller, und als ich auch nach einer halben Stunde noch nicht wusste, zu wem ich mich jetzt setzen oder legen sollte, sagte ich: »Leute, ich geh boxen. Bis morgen.«

HALT, POLIZEI

Am nächsten Tag wurde es am Ende verdammt knapp.

Erst war alles ganz einfach. Tomek war wieder gut drauf und die anderen auch und ich sowieso, weil ich ja am Abend vorher beim Boxen gewesen war. Wir sprachen lässig unsere Hafentouristen an, hier zwei, da fünf, alles war sehr leicht, alles war sehr schön. Die Sonne lachte vom Himmel und ein bisschen Wind war auch da, hin und wieder zog eine Wolke durch, es war alles, wie ich es mochte.

Und dann, plötzlich, bogen sie um die Ecke.

Zuerst hab ich nur den Hund gesehen.

Der kleine Fiese hatte einen Hund dabei, und der Hund lief nicht mal an einer Leine, obwohl er so aussah, als sollte er lieber gar nicht unter Leute. Der Hund sah noch schlimmer aus als die Hunde, die die Pickelgang auf ihren T-Shirts hatte. Er war nicht groß oder so, aber er hatte ein sehr gemeines, spitzes Gesicht und einen großen, kräftigen Kiefer. Er sah aus, als könnte er ohne Probleme jemandem den Hals durchbeißen.

Die Typen hatten uns sofort gespechtet.

Und sie machten direkt größere Schritte.

Dann noch größere, noch schnellere Schritte.

»Auweia«, sagte Buxe, und Ella sagte: »Kacke.«

Sie hatten beide recht. Ich wusste auch immer noch nicht genau, warum wir der pickligen Gang so schlimm auf die Nerven gingen, aber es musste was damit zu tun haben, dass wir auf der Meile Geld einsammelten. Und dass die fanden, dass wir das nicht durften. Wahrscheinlich nahmen wir denen was weg. Vielleicht hatten die sogar Angst davor, dass wir eines Tages im Geldeinsammeln besser wären als sie. Dass wir einfach die bessere Bande sein könnten. Und dass dieser Tag gar nicht mehr so lange hin wäre. Der Tag, an dem wir die Chefbande wären und sie nur noch eins tun konnten: abhauen, und zwar ganz weit weg.

Das musste es sein.

Problem: Noch war die Pickelgang stärker.

Ich sah mich um.

Die Meile war groß und breit, es gab keine kleinen Straßen, in die man unauffällig abbiegen konnte. Wir würden nicht rechtzeitig davonkommen.

Es gab nur eine Möglichkeit, sich zu verstecken: einen Polizeibus, der auf der anderen Straßenseite parkte.

»Ruhig, aber zügig rübergehen«, sagte ich.

Falls der Polizeibus auf der anderen Seite die Schiebetür aufhatte, und falls dann auch wirklich ein paar Polizisten drin saßen, wären wir gerettet.

»Carlos«, sagte ich, »mach das Knie.«

Das Knie müsstet ihr mal sehen, das Knie ist nämlich Wahnsinn.

Carlos machte also das Knie. Er machte sein linkes Knie steif und fing an zu humpeln. Er kann das unglaublich gut. Ich hab noch nie jemanden gesehen, der so gut so tun kann, als hätte er eine wirklich schlimme Knieverletzung. Ella und Sue taten, was sie immer taten, wenn Carlos das Knie machte: Sie stützten ihn und drückten ein paar Tränen nach oben.

Die Typen waren jetzt nur noch vielleicht fünfzig Meter entfernt. Sie sahen uns an, als wollten sie uns gleich in der Luft zerreißen.

Wir hatten noch fünf Meter bis zu dem Polizeibus.

Noch vier.

Noch drei.

Noch zwei.

Die Typen fingen an zu rennen, weil sie dachten, jetzt hätten sie uns, jetzt könnten sie uns gleich zeigen, wer hier die bessere, stärkere, krassere Bande ist, aber dann kapierten sie plötzlich, was wir vorhatten, und bremsten ab.

Noch einen Meter.

Schnell rum um den Polizeibus.

Aaahh.

Herrlich.

Der Bus war auf, drinnen saßen vier sehr große Polizisten und aßen Salamibrötchen. Wir waren gerettet.

»Entschuldigung«, sagte ich mit meiner kleinsten Stimme und schob Carlos, Ella und Sue ein Stück nach vorne. »Mein Freund hier kann fast gar nicht mehr laufen.«

Ich drehte mich um. Auf der gleichen Straßenseite, immer noch gut fünfzig Meter entfernt, standen die Blödmänner von der Pickelgang, und ihre Gesichter brannten vor Zorn.

Der kleine Fiese sah mich an und sagte irgendwas, aber ich konnte ihn auf die Entfernung nicht verstehen. War auch gar nicht nötig. Ich wusste auch so, dass er etwas sehr Böses gesagt haben musste. Sein Mund sah aus, als würde ihm da die reine Wut raustropfen.

»So, so«, sagte einer der Polizisten und kuckte uns von oben bis unten an. Er war blond und hatte einen Schnurrbart. Er setzte sich seine Polizistenmütze wieder auf, die er wohl zum Salamibrötchenessen abgenommen hatte.

»Dein Freund hier kann also fast gar nicht mehr laufen.«

Ich nickte.

»Und was sollen wir da jetzt machen? Wir sind ja schließlich die Polizei und keine fahrende Krankenstation.«

»Wir wohnen alle unten am Hafen«, sagte Ella.

Sie fing an zu schluchzen und Sue weinte jetzt auch richtig dicke Krokodilstränen.

»Wir wollen doch nur nach Hause«, sagte Buxe und machte sich noch ein bisschen kleiner, als er in Wirklichkeit war.

Tomek versuchte, nett auszusehen, was eher so halbgut lief, aber dafür war Carlos echt spitze. Er machte einen letzten Schritt, dann schrie er: »Au!«, und ließ sich der Länge nach in den Polizeibus fallen.

»Hoppla«, sagte der Polizist mit dem Schnurrbart, und die anderen im Bus lachten, und das Lachen klang ziemlich nett.

»Unten am Hafen, sagt ihr?«

Wir nickten.

»Ist ja nicht so weit.«

Wir nickten wieder.

»Und hier ist ja gerade nicht so viel los.«

Wir zuckten mit den Schultern.

»Was meint ihr, Kollegen, können wir die netten Kinder schnell nach Hause fahren?«

Wir hielten die Luft an.

»Klar«, kam es aus dem Bus, und noch mal: »Klar«, und: »Das geht.«

»Yes«, zischte Buxe, aber die Polizisten hatten es nicht gehört.

»Na, dann steigt mal ein, ihr Verbrecher.«

Wir waren so erleichtert, als hätte jemand gesagt, dass die Schule für immer abgeschafft wird, und kletterten einer nach dem anderen in den Bus.

Fünf Minuten später lieferten sie uns direkt vor Ellas Kiosk ab. Von der Pickelgang war weit und breit nichts zu sehen.

Ich fand, dass wir alles sehr gut gemacht hatten. Nur das Geld, das wir an dem Tag für Ellas Eltern hätten sammeln müssen, das war leider nicht in unseren Taschen gelandet.

DIE GROSSE ABREIBUNG

Am vierten Tag dann, da war es aus und vorbei.

Da hatten wir keine Chance.

Wir liefen den Typen genau in die Arme, als wir gerade auf der Meile ankamen. Wir waren fröhlich quatschend um die Ecke gebogen und da standen sie plötzlich ganz dicht vor uns.

Wir hatten nicht aufgepasst. Wir hatten uns zu sehr über unseren Sieg vom letzten Nachmittag gefreut.

Mein Opa sagt immer: »Es gibt keinen Sieg, auf dem man sich ausruhen kann.« Er sagt das natürlich, wenn es ums

Boxen geht, aber ich glaube, er meint nicht nur das Boxen, wenn er das sagt. Mein Opa meint eigentlich bei allem, was er sagt, immer das ganze Leben. Ein Typ wie mein Opa ist Gold wert, man muss nur auf das hören, was er sagt.

Ich wünschte, er wäre bei uns gewesen, als die Pickelgang kam und drauf und dran war, uns in die Mangel zu nehmen. Wäre mein Opa plötzlich hinter uns aufgetaucht, hätte er sich nur einmal räuspern und seinen mächtigen Brustkorb aufpumpen müssen, und die Typen wären stiften gegangen.

Mein Opa war aber nicht da.

Nur wir waren da und die pickligen Typen.

Wenigstens hatten sie den schrecklichen Hund nicht dabei. Aber sie hatten uns so schnell im Schwitzkasten, so schnell konnten wir gar nicht erschrecken. Ich weiß auch überhaupt nicht mehr, wer von denen wen von uns gepackt hatte, ich weiß nur, dass ich plötzlich auf die Straße flog, und dann lag ich auch schon unten, und einer kniete auf meinen Armen und fuhr mit mir Schlitten.

Alle schrien.

Einer der Pickligen rief: »Du verdammtes Miststück!«, und Sue schrie: »Leck mich!«, und dann rief ein anderer: »Pass auf, die tritt!«, und Ella hörte sich an wie eine Furie, und Tomek hörte sich an wie ein Berg, der Feuer spuckt, von Buxe und Carlos bekam ich nichts mit, und dann versetzte mir einer einen rechten Haken und mir wurde schwarz vor Augen.

Ich glaube, das Schwarz dauerte ziemlich lange.

Als ich wieder zu mir kam, sah ich zuerst Tomek, dann sah ich Sue. Sie waren ganz nah. Tomek hatte meinen Kopf in seinen Schoß gelegt und kuckte auf mich runter.

Sue streichelte meine Stirn, die wehtat. Mein Kinn tat auch weh. Irgendwas in meinem Mund schmeckte komisch.

Sue sah aus, als hätte sie schlimm geheult, dabei heult sie nie in echt, immer nur, wenn Carlos das Knie macht. Tomek hatte ein bisschen getrocknetes Blut unter der Nase.

»Johnny«, sagte Sue, »Johnny.«

Und Tomek sagte: »Das war 'ne echte Abreibung.«

Wo er recht hatte, hatte er recht.

»Was machen wir jetzt?«, fragte Carlos. Ich konnte ihn nicht sehen, ich glaube, er saß hinter mir, aber das Zittern in seiner Stimme machte mir Angst.

»Löwenbein«, quetschte ich zwischen den Zähnen hervor. Mann, mein Kinn tat vielleicht weh.

»Ich mach das«, sagte Buxe, »ich hol ihn her«, und er klang ganz klar dabei.

Buxe war wohl der, der am wenigsten abgekriegt hatte, und da kann man wieder mal sehen, wie enorm wichtig so eine Hose aus Weltraummaterial ist.

EHER KACKE

Weil wir in unserem Keller kein Verbandszeug haben, hat Pastor Löwenbein uns direkt zu Kirsche gebracht. Und so lagen wir da hinterm Wohnwagen zu fünft nebeneinander: Tomek, Sue, Ella, Carlos und ich. Ich hatte überall im Gesicht diese Kühlkissen und Kirsche tupfte mit irgendwas an meiner linken Augenbraue rum und schüttelte immer nur den Kopf.

Sue hatte ein feuchtes Tuch auf den Augen, Ella den rechten Fuß auf einer Kiste und ein Kühlkissen auf ihrem Knöchel. Tomek hatte einen riesigen Eisbeutel auf der Nase und Carlos hatte einfach nur ganz dringend ein Eis am Stiel gebraucht.

Buxe saß neben uns und erzählte, was passiert war. Alles, was passiert war, von Anfang an, und es war okay, dass er es erzählte.

Kirsche schüttelte weiter den Kopf.

Pastor Löwenbein sagte: »Oha, Herrschaften.«

Als Buxe zu Ende erzählt hatte, sagte Kirsche: »Wir müssen zur Polizei gehen.«

»Nein«, sagte ich, »wir müssen bis übermorgen noch hundert Euro zusammenkriegen.« Ich hörte mich an, als hätte ich einen Korken im Mund.

»Jetzt vergesst mal die hundert Euro«, sagte Pastor Löwenbein, »die kann ich euch leihen. Aber diese Typen sind gefährlich. Gegen die müssen wir was unternehmen. Die lassen euch doch nicht einfach so in Ruhe.«

»Ihr dürft nie wieder auf die Meile gehen«, sagte Kirsche, »nie, nie, nie wieder. Versprecht mir das!«

Ich hatte nicht gewusst, dass Kirsche so ernst klingen konnte. Wahrscheinlich war an dem, was sie sagte, dann doch was dran: Wir sollten uns von der verdammten Meile fernhalten.

Tomek knurrte, dass er hingehen würde, wo er wollte, und zwar immer.

Kirsche sagte, dass er sich seine Pappteller dann in Zukunft aber ans Knie nageln könnte.

Sie gab uns noch eine Menge anderer Ratschläge, Pastor

Löwenbein auch, aber wenn man es genau nimmt, waren alle Ratschläge eher kacke. Der beknackteste war der, zur Polizei zu gehen. Dann würde ja rauskommen, was wir da immer mit den Touristen abzogen, und dann wären wir unser Einkommen los. Außerdem ist da ja noch die Sache mit meinem Opa und mir ohne eine Oma, und dann stecken die mich am Ende ins Kinderheim, ihr wisst schon. Polizei kam echt überhaupt nicht infrage.

Nur die ganzen Eisbeutel, die waren super.

Und natürlich das Geld, das Pastor Löwenbein uns leihen wollte. Wir mussten nicht mehr auf die Meile, um die Sache mit dem Kiosk von Ellas Eltern wiedergutzumachen, und ich dachte an jenem Abend wirklich, dass wir da auch nie wieder hingehen würden.

NIEMAND IST GANZ ALLEIN AUF DER WELT

Pastor Löwenbein hat meinen Opa angerufen und ihm gesagt, dass ich heute mal bei ihm schlafen würde, weil er bei einer Sache dringend meine Hilfe brauchte. Mein Opa hat das natürlich verstanden.

Wenn jemand die Hilfe von Freunden braucht, ist er immer dafür, weil das genau sein Ding ist.

»So kannst du nicht nach Hause«, hat der Pastor zu mir gesagt, nachdem er sich mein Gesicht genauer angesehen hatte. »Da kriegt dein alter Herr ja einen Schreck. Aber wenn wir das weiter gut kühlen, wird das morgen früh schon besser aussehen.«

Das Gute ist, dass Pastor Löwenbein früher auch mal eine Weile geboxt hat. Er kennt sich aus mit Verletzungen im Gesicht. Er hat gesagt, dass es sich meistens erst mal schlimmer anfühlt, als es dann am Ende ist.

Er hat mir ein Bett auf seiner Couch gemacht, und da lag ich also und hatte immer noch kalte Beutel und Kissen überall, und in der Küche lief irgendeine Musik, die ich ganz gut fand, ich glaub, das war irgendwas mit Gitarren.

Bei Pastor Löwenbein sein ist eigentlich immer, als hätte man eine weiche Couch unterm Hinterm. Man sitzt die ganze Zeit auf ihr rum und merkt gar nicht, dass sie da ist. Aber wehe, sie ist mal weg, dann tut einem auf dem harten Boden sofort der Popo weh.

Im letzten Sommer war Pastor Löwenbein zwei Wochen in den Bergen. Er hat gesagt, er müsse dringend mal Urlaub machen. Mal raus aus der Stadt, mal was anderes sehen. Frische Luft atmen und so. Als würde es hier keine Luft geben. Nicht, dass ich ihm das nicht gönnen würde, das nicht. Aber es war einfach blöd, dass er weg war. Es war nämlich so, dass ich ihn vermisst habe. Nicht so, wie ich meine Eltern vermisse. An die kann ich mich ja kaum erinnern. Eher so, wie ich Carlos vermissen würde, wenn er weg wäre. Wie man eben jemanden vermisst, der sonst immer da ist. Das ist dann, als wäre im Bauch plötzlich ein Loch aufgegangen, und das Loch geht erst wieder zu, wenn der, den man vermisst, wieder da ist.

Pastor Löwenbein ist da, seit ich denken kann. Meine

Oma hat mich immer zu ihm gebracht, wenn sie was zu erledigen hatte, bei dem sie mich nicht gebrauchen konnte. Mein Opa hat das dann genauso gemacht. Und bei Pastor Löwenbein war es immer top. Denn Pastor Löwenbein ist ein Mann, der die Freiheit liebt. Am liebsten sitzt er auf dem Hang vor seiner Kirche, trinkt ein Glas Rotwein und raucht seine stinkenden Zigaretten.

»Das ist Freiheit«, sagt er dann und atmet tief durch, und dann hustet er wie ein Blöder, und ihm fallen seine Haare ins Gesicht, die er sich dann wieder nach hinten streicht, und dann lacht er und trinkt noch einen Schluck Rotwein, in den Husten rein.

Der Hang der Freiheit gehört uns ganz allein, wenn ich bei ihm bin. Niemand außer uns interessiert sich für den Hang, alle interessieren sich immer nur für die Kirche, weil sie so alt und berühmt ist. Und wir interessieren uns für nichts als den Hang, das passt super zusammen.

Der Pastor ist ein großer Mann, größer als alle, die ich kenne. Und er ist breit. An den Schultern und am Herzen. Er sagt, das kommt, weil er früher so viel durch die Welt gereist ist. Er war überall, sagt er. In Indien. In Afrika. In Südamerika. Unterwegs sein macht alles groß und weit, sagt er. Breit, sage ich dann.

Das auch, sagt er dann immer und lacht.

Hin und wieder, in den Momenten, wenn wir uns sehr frei fühlen, legt er den Arm um mich und erzählt mir eine Geschichte von meinen Eltern.

»Du kanntest die doch gar nicht«, sage ich dann.

»Egal«, sagt er.

Als Pastor Löwenbein aus der Küche zurückkam, hatte er zwei Teller mit Spaghetti dabei. Er stellte sie auf dem Couchtisch ab und sagte: »Abendbrot ist fertig, Cowboy.«

Ich nahm den Kühlkram von meinem Kinn, setzte mich auf und er schaute mich an.

»Na also«, sagte er. »Geht doch. In ein paar Stunden siehst du wieder aus wie neu.«

Er ging noch mal in die Küche und holte für mich eine Limonade und für sich selbst ein Bier.

»Oder willst du lieber ein Malzbier?«, fragte er.

Ich schüttelte vorsichtig den Kopf, es ging aber sogar ganz gut, es tat kaum weh.

»Nee«, sagte ich, »Limonade passt schon. Malzbier ist eher was für Tomek.« Ich hörte mich immer noch an, als hätte ich einen Korken im Mund, aber der Korken war kleiner geworden.

»Ach ja, Tomek«, sagte Pastor Löwenbein. »Wie geht's dem denn eigentlich?«

»Gut, glaub ich. Warum?« Ich sagte das jetzt einfach mal so.

»Er kam mir in letzter Zeit oft irgendwie komisch vor«, sagte der Pastor. »Und er erinnert mich an jemanden, den ich kannte, als ich in eurem Alter war.«

»Echt?«, fragte ich. Ich drehte eine Gabel Spaghetti auf, und als das warme, weiche Essen in meinem Mund landete, fühlte ich mich, als wäre ich ein für alle Mal gerettet.

Pastor Löwenbein nickte. »Ja, ist aber schon lange her.«

Dann schob er sich auch eine Gabel Spaghetti in den Mund. »Also, wie geht's Tomek so? Muss man sich da wegen irgendwas Sorgen machen?«

Ich überlegte. Sollte ich Pastor Löwenbein erzählen, dass Sue Tomeks Königin war? Und dass das wohl nicht so leicht war für ihn?

Nein.

Königinnengeschichten sind geheime Geschichten.

Aber da war ja noch was.

»Tomek sagt, dass er vielleicht weggehen will.«

»Wo will er denn hin?« Pastor Löwenbein kaute und trank einen Schluck Bier.

Ich zuckte mit den Schultern. »Keine Ahnung. Woanders hin. Er sagt, er will mehr Abenteuer.«

»Na ja«, sagte Pastor Löwenbein, »Abenteuer hattet ihr jetzt ja genug, oder?« Er stocherte in seinen Spaghetti herum. »Habt ihr deshalb angefangen, auf die Meile zu gehen?«

Ich nickte und sagte: »Eigentlich schon. Will ja keiner, dass Tomek weggeht, nur weil ihm langweilig ist. Ohne ihn wären wir doch gar keine Bande mehr.«

Pastor Löwenbein nahm noch einen Schluck Bier.

»Der geht nicht weg, da könnt ihr euch drauf verlassen.«

»Woher weißt du das?«

»Ich hab doch gesagt, ich kannte mal einen, der war ähnlich drauf wie Tomek.«

»Wie ist Tomek denn drauf?«, fragte ich, weil ich es wirklich gern wissen wollte, und ich hatte das Gefühl, dass Pastor Löwenbein da im Moment vielleicht mehr verstand als ich.

»Da ist was in seinem Herzen, das wächst«, sagte Pastor Löwenbein, »ist ganz normal in seinem Alter. Aber es fühlt sich wahrscheinlich ziemlich merkwürdig an. Er will vielleicht mehr sein als der, der er gerade ist. Mehr als nur der Hafentroll, der am liebsten Pappteller isst und mit Müll spielt. Er merkt, dass sich was verändert, und wenn sich was verändert, hat man ja immer erst mal Angst. Gegen Angst hilft es natürlich nicht großartig, abzuhauen, aber man kann ja zumindest mal so tun, als würde man demnächst abhauen, dann wird vielleicht die Angst auch ein bisschen kleiner. Und Tomek ist allein mit all dem. So allein, wie keiner von euch sich das vorstellen kann.«

Ich hörte auf zu kauen.

»Er ist noch mehr allein als du«, sagte Pastor Löwenbein.

Das stimmte natürlich, weil ich ja meinen Opa hatte, aber manchmal hatte ich eine Ahnung davon, wie es sein könnte, ganz allein zu sein. Manchmal dachte ich nämlich ziemlich genau darüber nach. Mein Opa ist schließlich schon alt.

Aber bevor ich da in so ein Nachdenkloch falle, aus dem man nur schlecht wieder rauskommt, sage ich mir immer, dass ich ja auch noch unsere Bande hab, und Kirsche und Pastor Löwenbein. Und dass niemand ganz allein auf der Welt ist.

»Niemand ist ganz allein auf der Welt«, sagte ich, und

Pastor Löwenbein nickte und kaute, und bevor er sich eine letzte Gabel Spaghetti zwischen die Zähne schob, sagte er: »Aber es gibt Zeiten im Leben, da kann es passieren, dass du das vergisst.«

»Und dann?«, fragte ich.

»Dann brauchst du jemanden, der dir sagt, dass er dein Freund ist.«

»Tomek weiß, dass ich sein Freund bin«, sagte ich.

»Okay«, sagte Pastor Löwenbein und nickte und kuckte auf seinen leeren Teller. »Trotzdem kommt er mir vor, als würde er deine Hilfe brauchen. Von wegen Abenteuer und auf die Meile und so ... Weißt du, dieser Junge, an den er mich erinnert ...«

»Was ist mit dem?«, fragte ich.

»Der war auch allein«, sagte Pastor Löwenbein, »und er hatte auch Angst, und dann dachte er, wenn er mehr Abenteuer erleben würde, wäre er nicht mehr so allein, und die Angst würde auch weggehen, und damit hat er sich richtig in Schwierigkeiten gebracht. Der wäre da fast nicht mehr rausgekommen.«

»Aber am Ende ist er wieder rausgekommen?«, fragte ich.

»Ja«, sagte er, »aber es war echt knapp.«

Pastor Löwenbein stand auf und ging ans Fenster. Er machte es weit auf und kam wieder zu mir an den Tisch.

»War der Junge ein Freund von dir?«, fragte ich.

Er kuckte mich an, und ich konnte sehen, dass er nachdachte. Dann sagte er: »Der Junge war ich.«

Ich schluckte. Ich konnte mir gar nicht vorstellen, dass Pastor Löwenbein ein Junge gewesen war, der allein war.

»Ich bin im Kinderheim aufgewachsen«, sagte er. »Meinen Vater hab ich nie kennengelernt und meine Mutter war – na ja. Ich glaube, sie hatte nicht die Kraft, sich um mich zu kümmern. Als ich so alt war wie Tomek, dachte ich, dass es vielleicht besser wäre, wenn ich aus dem Kinderheim abhauen würde. War es aber nicht.«

»War es denn schlimm im Kinderheim?«, fragte ich.

»Nein. Es war okay.« Er ging wieder zum Fenster und kuckte raus. »Erzähl ich dir ein andermal, ja?«

Ich nickte, obwohl er das gar nicht sehen konnte, denn er hatte ja keine Augen am Hinterkopf, und er fragte: »Was wärt ihr ohne Tomek, Johnny?«

Ich zuckte mit den Schultern.

»Eine Bande ohne Tomek«, sagte ich.

»Es würde was fehlen, oder?«

»Tomek würde fehlen«, sagte ich.

»Wer wäre am traurigsten, wenn er nicht mehr da wäre?«, fragte Pastor Löwenbein.

»Ich«, sagte ich. »Und Sue. Und alle anderen auch.«

»Gut«, sagte er, drehte sich um und sah mich wieder an. »Dann wäre er wohl auch am traurigsten, wenn ihr nicht mehr da wärt, oder?«

Ich nickte.

»Also müsst ihr alle ein bisschen darauf achten, dass Tomek sich nicht so allein fühlt.«

Na super, dachte ich. Wie sollte das denn gehen, bei jemandem, der so gern allein ist wie Tomek?

Immerhin tat mein Kinn nicht mehr ganz so weh.

Ich legte mich auf die Couch und die Kühlkissen wieder auf mein Gesicht und murmelte: »Geht in Ordnung, Chef.«

*****

Allein bist du nur,
wenn du vergisst,
dass da draußen was ist,
das lebt und versteht,
wer du bist.

Und damit du das wirklich
auf gar keinen Fall vergisst,
trink am besten ganz viel Limonade,
denn der Mensch braucht nämlich doch mehr Zucker,
als die Erwachsenen immer sagen.

*****

AN DER KAIMAUER RUNTERKUCKEN

Und dann ging erst mal alles gut.

Mein Gesicht heilte.

Tomeks Nase heilte.

Ellas Knöchel heilte.

Pastor Löwenbein gab uns 150 Euro und sagte, wir hätten zwanzig Jahre Zeit, um das Geld zurückzuzahlen. Und als Ellas Eltern nach Hause kamen und den leeren Kiosk und die volle Kasse sahen, fanden sie es einfach nur total toll, dass wir so viele Sachen verkauft hatten, während sie nicht da waren.

Die Pickelgang hatte sich nicht mehr blicken lassen.

Wir dachten, wir wären sie los.

Nur Tomek maulte mal, er hätte die Typen abends am Hafen gesehen. Die wären da so rumgeschlichen. Und nicht nur am Hafen. Die hätten auch Kirsches Wohnwagen gecheckt. Er sagte: »Die haben uns auf dem Kieker. Denen reicht das nicht, uns einmal verkloppt zu haben. Die wollen, dass wir richtig Angst vor ihnen haben. Dass wir uns nie, nie, nie wieder auf die Meile trauen.« Er zog ganz fest seine Augenbrauen zusammen, als wären sie eine Rüstung. »Und jetzt wollen sie unserer besten Freundin was antun, damit wir auch ja kapieren, wie scheißgefährlich sie sind.« Augenbrauen noch enger: »Aber das können sie vergessen, ich pass auf Kirsche auf. Und Angst hab ich vor denen sowieso nicht.«

Ich glaubte ihm das alles fast ein bisschen, war mir aber nicht ganz sicher, ob er sich da nicht was einbildete.

Und die anderen wollten es lieber überhaupt nicht glauben.

Sie wollten sich eher schöne Sommerferien machen. Mit ein bisschen Kurtaxe, ein paar Pommesrutschen und ganz viel Eis am Stiel. Ich sagte zu Tomek, dass es vielleicht gut wäre, es auch erst mal so zu sehen, zumindest so lange, bis ihm wieder irgendwas auffallen würde, und das könnte er mir dann ja sagen, und er sagte: »Okay.«

Aber nach ein paar Tagen gingen wir, es war später am Nachmittag, noch mal zum Hafen. Wir hatten lange im Park rumgehangen und Süßigkeiten gegessen, ein fauler, gemütlicher Tag war das gewesen, manchmal braucht man ja solche Tage. Aber dann hatten wir plötzlich richtig Hunger bekommen und dachten, da gehen wir doch am besten direkt zu Kirsche.

Aber als wir am Hafen ankamen, konnten wir nicht glauben, was wir sahen: Der Wohnwagen war weg. Ich war so baff, dass ich eine Weile brauchte, bis ich merkte, was noch fehlte: Tomek.

Wir waren ein bisschen später dran als sonst und normalerweise war er um diese Zeit längst hier und hockte irgendwo in Kirsches Nähe. Eigentlich ist es jeden Nachmittag so wie damals, als wir ihn kennengelernt haben: Wir gehen an den Hafen wund Tomek ist schon da. Oder wir sind alle schon am Vormittag zusammen, aber manchmal muss Tomek halt länger schlafen, und dann kommt er nach.

Und jetzt war er nicht da.

Und Kirsche war auch nicht da.

»Was ist denn hier los?«, sagte Ella, die oft als Erste die richtigen Worte im Kopf hat.

»Gar nix«, sagte Buxe, und auch das war richtig.

Carlos lief ans Wasser und kuckte an der Kaimauer runter, für den Fall, dass alles, was wir vermissten, ins Hafenbecken gefallen war. Aber da war wohl nichts zu sehen.

Sue stand etwas abseits und tat nichts und sagte auch nichts, und dabei kam sie mir ein bisschen vor, als wäre sie ich.

Ich hatte in den letzten Tagen immer mal das Gefühl gehabt, ich hätte irgendwas tun oder sagen müssen, wegen der Pickelgang, hatte aber nicht so recht gewusst, was eigentlich, und jetzt war offenbar eine Sache passiert, die nicht gut war, und ich wünschte, ich hätte früher was gesagt.

WAS GESAGT?

»Weißt du irgendwas?«, fragte ich sie.

Sie biss sich auf die Unterlippe und kuckte weg.

»Sue«, sagte ich, »wo ist Tomek? Wo ist Kirsche?«

Plötzlich war alles wieder da, was ich die letzten Tage über weggedrückt hatte, weil ich dachte, wenn ich nicht so richtig dran denke, bleibt es einfach weg.

Deshalb hatte ich nichts gesagt und nichts gemacht. Weil ich vergessen wollte, wie es war, als die Pickelgang uns vermöbelt hatte. Wie weh es getan hatte, wie schwach und klein und dumm wir uns gefühlt hatten und was für schlimme Geräusche diese Gefühle in meinem Kopf gemacht hatten.

Pastor Löwenbein hatte mich gewarnt. Er hatte gesagt, ich solle mich nicht wundern, wenn ich das jetzt diesmal nicht so schnell vergessen könne, wie ich sonst immer alles vergesse, das wäre normal. Aber es wäre trotzdem vorbei. Ich solle mich einfach kurz schütteln, falls es wiederkomme.

Also schüttelte ich mich, so gut ich konnte, und sagte: »Sue?«

Wir kuckten sie alle an, sie biss sich immer noch auf den Lippen rum, uns war klar, dass sie mehr wusste als wir.

Dann fing sie an zu erzählen: »Tomek und ich haben uns gestern Nacht noch getroffen. Wir sitzen manchmal zu zweit ein bisschen auf seinem Schiff. Als ich kam, war er noch nicht da. Als er dann kam, sagte er, er hätte den Hafen abgesucht. Weil Kirsches Wohnwagen verschwunden sei. Er hat aber nichts gefunden, den Pommeswagen nicht und Kirsche auch nicht. Er wollte dann heute ganz früh aufstehen und weitersuchen.«

»Wo wollte er denn suchen?«, fragte ich, und Buxe schimpfte: »So ein Spinner! Warum sagt der uns nichts?«

»Er wollte uns da nicht mit reinziehen«, sagte Sue, und ich sagte noch mal: »Sue. Wo?«

Sie knetete ihre Finger. Dann sagte sie leise: »Auf der Meile. Er denkt, dass die Pickelgang was damit zu tun hat. Und er denkt, dass er allein unauffälliger ist.«

»Ich glaub's nicht«, sagte ich.

»So ein Bockmist«, sagte Buxe.

Ella und Carlos machten große Augen.

Ich funkelte Sue an und sagte: »Seit wann ist er unterwegs?«

Sie zuckte mit den Schultern.

»Weiß ich nicht. Seit heute Morgen, schätze ich. Der sagt mir ja auch nicht alles.«

Aber er sagte ihr mehr als mir, und ich wusste auch, warum, und das wurmte mich. Er wollte sie beeindrucken, wie man eben jemanden beeindrucken will, den man königinnenmäßig findet. Darüber hatte er nur leider vergessen, wie gefährlich es für jeden von uns auf der Meile geworden war.

Ich atmete tief durch.

Also.

Wir mussten sofort los.

»Wir müssen sofort los und ihn da wegholen«, sagte ich.

»Sollen wir nicht lieber Pastor Löwenbein Bescheid sagen?«, fragte Ella.

»Zu spät«, sagte ich. »Da hätten gewisse Leute vielleicht mal früher den Mund aufmachen sollen.«

Sue ließ den Kopf hängen.

»Ich wollte nicht, dass Tomek sauer ist auf mich«, sagte sie. »Ihr wisst doch, wie er ist.«

Ich sagte: »Mir ist er sauer lieber als mit blutiger Nase. Und jetzt Abmarsch. Ab auf die Meile.«

Es fühlte sich gut an, endlich was zu sagen und zu tun. Denn auch ich hätte ja mal ein bisschen früher und ein bisschen deutlicher sagen können, was Tomek glaubte und deshalb so vorhatte. Ich hätte seine Angst ernster nehmen müssen, und ich hätte zu ihm stehen müssen, gegen die anderen, die ihm nicht glauben wollten.

Ich hab mich nicht getraut. Jetzt kam ich nicht mehr drum herum. Jetzt musste ich mich was trauen: Ich musste wieder auf die Meile, egal, wie viel Angst ich davor hatte.

ALTER HAFENTROLLTRICK

Wenn man irgendwo mal was erlebt hat, was nicht so schön war, dann ändern sich da die Farben.

Genauso war es jetzt mit der Meile.

Zuletzt war sie bunt gewesen und hatte geglitzert, aber an diesem Nachmittag kam sie mir grau und irgendwie kaputt vor. Sie war ein Ort, an dem wir nicht sein sollten. Wir waren sehr vorsichtig, wir schlichen richtig um die Ecken. Und Buxe, als Kleinster und Schnellster, spionierte vorher immer kurz, ob wir abbiegen konnten.

»Frei«, sagte er dann, und wir bogen unauffällig ab.

Wir wussten gar nicht genau, wo wir nach Tomek suchen sollten, und so streiften wir ziemlich ziellos umher. Es waren viele Leute unterwegs, wir konnten uns ganz gut zwischen ihnen verstecken.

Und irgendwann sahen wir ihn dann.

Er saß müde und traurig auf einem Stein, und er sagte erst mal nichts, als wir vor ihm standen, sondern kuckte uns nur an.

»Ich hab sie nicht gefunden«, sagte er nach einer ganzen Weile. »Bestimmt liegt sie irgendwo und weint.«

»So 'n Quatsch«, sagte Buxe.

»So 'n Quatsch«, sagte auch ich, aber ganz so sicher war ich mir da ja nicht. Kirsche war weg. Warum? Da hatte ich auch keine Antwort drauf. Tomek hatte eine, also sollten wir ihm jetzt alle endlich mal zuhören.

»Warum glaubst du, dass sie sie entführt haben?«, fragte ich, und Ella und Carlos schüttelten sofort die Köpfe, sie weigerten sich einfach, so was zu glauben.

Tomek sah mich grimmig an.

»Weil ich diese pickligen Vollhonks in den letzten Nächten immer wieder gesehen hab«, sagte er. »Ich hab gesehen, wie sie durch den Hafen geschlichen sind, als wären sie auf der Suche nach irgendwas, was sie machen könnten, und sie sind auch bei Kirsche vorbeigeschlichen, und da standen sie dann immer besonders lange rum.«

Er stand von seinem Stein auf und sein Blick wurde immer grimmiger. Er sah mich an, als hätte ich was vergessen, und irgendwie war das ja auch so.

»Die wollen uns Angst machen. Viel mehr Angst, als wir eh schon haben. Es wäre voll clever von denen, uns Kirsche wegzunehmen.«

Er schluckte. Jetzt verstand ich ein bisschen. Es wäre sehr schlimm für uns, wenn Kirsche was passieren würde – weil wir uns auf der Meile rumgetrieben hatten. Für Tomek wäre es aber noch viel schlimmer als für den Rest von uns.

Erstens: Er wollte unbedingt auf die Meile.

Zweitens: Kirsche ist für ihn noch besonderer als für uns.

»Ich bin denen extra gefolgt«, sagte er, »jede Nacht. Aber dann haben sie sie wohl geschnappt, als ich kurz nicht da war.«

Ich merkte, dass er sich vollkommen sicher war, und so langsam sickerte es auch zu mir durch: Was, wenn Tomek wirklich recht hatte? Was, wenn die Pickelgang Kirsche tatsächlich entführt hatte?

Wegen uns?

Nur, um uns eins auszuwischen?

Nein.

Das war doch Blödsinn.

»Nein«, sagte ich. »Das ist doch Blödsinn.«

Tomek machte einen Schritt auf mich zu, einen großen Schritt. Wir standen jetzt fast Stirn an Stirn.

»Das ist kein Blödsinn«, knurrte er, »und das weißt du genau. Das Problem ist nur, dass ich sie nirgends finden kann.«

Sue merkte, dass zwischen Tomek und mir was abging,

was nicht gut war. Sie schob sich zwischen uns, als wäre sie ein Stück Seidenstoff, und sah Tomek an.

»Und du hast überall gesucht?«

»Überall«, knurrte er weiter, jetzt aber schon ein bisschen weicher. »Ich bin in jeden verdammten Keller auf dieser Meile gestiegen.«

»Könnte es dann nicht doch sein, dass Kirsche hier gar nirgends ist?«, fragte Sue, und genau das hätte ich auch gefragt, wenn sie mir nicht ständig auf den Fuß getreten hätte, damit ich bloß den Mund hielt.

Tomek atmete tief aus, es war, als würde er die ganze Luft aus seinem Körper lassen.

»Vielleicht«, sagte er dann, »vielleicht könnte das schon sein.«

»Okay«, sagte ich und ließ fast genauso viel Luft raus wie Tomek.

»Ich glaube«, sagte Sue und trat ein Stück zur Seite, damit Tomek und ich uns wieder anschauen konnten, »es wäre das Beste, wenn wir jetzt zu Pastor Löwenbein gehen und ihm von der Sache erzählen.«

Tomek legte die Stirn in dicke, tiefe Falten.

»Ich glaube, das wäre wirklich das Beste«, sagte Sue noch mal, und da gab Tomek nach und sagte: »Dann aber schnell.«

Wir machten also auf dem Absatz kehrt und ab dafür Richtung Löwenbein.

Ich war so froh, dass Sue Tomek zur Besinnung gebracht hatte, und dachte, dass jetzt alles gut werden würde. Weil plötzlich ein Gefühl in mir hochkam, und das Gefühl sagte, dass Sue etwas im Griff hatte, und wenn Sue was im Griff hat, dann läuft das einfach. Weil: Ich kenne keine coolere Sau als Sue. Wirklich. Ich meine: Kennt ihr jemanden, der nie was anderes anzieht als Fußballtrikots, einfach aus Prinzip und damit er nicht drüber nachdenken muss, was er heute anziehen soll? Der lange blonde Haare hat, aber nicht, weil er schön sein will, sondern weil er es hasst, zum Friseur zu gehen? Der besser fluchen kann als jeder Bauarbeiter, es aber nur tut, wenn es ernst ist? Und der nur lacht, wenn etwas wirklich, wirklich lustig ist?

So ist Sue. Sie ist die Coolste von uns allen, wahrscheinlich ist sie die Coolste von überhaupt allen. Wenn ich mal nicht weiß, wo es langgeht, dann weiß Sue das. Auf Sue kann man sich zu hundert Prozent verlassen, Sue ist der absolute Kracher.

Manchmal denke ich daran, wie es war, als Sue noch nicht da war. Ich kann mich kaum dran erinnern.

Und jetzt stand sie da, hatte Tomek eingenordet und sah so groß und stark aus, obwohl sie ja eigentlich genauso klein ist wie Buxe. Jetzt wird alles gut, dachte ich noch mal, und diesmal dachte ich es so heftig, als würde in meinem Herzen ein Licht angehen.

Aber es wurde natürlich nicht alles gut. Es wurde gar nichts gut.

Wir waren auf der Meile.

Und da hätten wir eben nicht hingehen sollen.

Wir erkannten die Typen sofort, als sie um die Ecke bogen. Fünf dünne, große Spacken mit Pickeln im Gesicht. An den Gürtelschlaufen ihrer Jeans baumelten diesmal Kaninchenpfoten und Ketten, und auf ihre T-Shirts waren wieder Bilder von fiesen Kampfhunden gedruckt, keine Ahnung, ob das jetzt mal andere Hunde waren oder immer die gleichen. Ich fragte mich kurz, ob sie ihre T-Shirts eigentlich auch mal wuschen, und noch während ich mich das fragte, erkannten sie uns auch schon zurück, denn sie waren zwar doof, aber ja auch nicht vollkommen bescheuert, auch wenn ich das gerne gehabt hätte.

Sie schauten uns an, als hätten sie Messer in ihren Taschen und als wären diese Messer dafür da, uns die Ohren abzuschneiden.

»Verdammt«, sagte Ella.

»Lieber abhauen«, sagte Tomek.

Wir machten 'ne Blitzkehre. Wir mussten zurück in unseren Teil der Stadt, und der kürzeste Weg führte durch die Beine der Pickelgang, aber dieser Weg war jetzt eher schlecht.

Dann halt über Umwege.

Wir schaffen das, sagte ich mir, immer wieder sagte ich mir: Wir schaffen das. Wir mussten nur schnell genug sein.

»Wir müssen schnell sein«, sagte ich zu den anderen. »Schneller als die, dann schaffen wir's.«

Wir nahmen die Beine in die Hand und rannten los.

Buxe und ich rannten vorweg. Buxe, weil er sowieso unser Schnellster ist, der kann ja nie nur ein bisschen rennen, der gibt immer Vollgas, und so jemanden braucht man als Zugpferd, wenn man abhauen muss. Ich rannte mit vorne, weil ich ja das andere Zugpferd war. Es war meine Aufgabe, Zugpferd zu sein, weil ich der Anführer unserer Bande war, zumindest hoffte ich, dass ich es noch war.

Wir rannten geradeaus, dann rannten wir nach rechts, dann quer über die Straße und rein in den Hof der alten Ziegelei. In diesem Hof lag wie immer höllisch viel Müll rum, zerrissene Kisten und vollgestopfte Tüten, zerdrückte Waschmittelflaschen und alte Klamotten, vergammeltes Essen und Papier, zwischendrin immer mal wieder ein Schuh. Aber wir kannten uns da ja aus, wir würden unseren Weg finden, mitten durch den Müll.

Die Frage war nur, ob sich die pickligen Typen hinter uns da vielleicht zufällig genauso gut auskannten.

Ich drehte mich kurz um: Bisher hatten wir sie nicht abgehängt. Sie waren in Sichtweite, kamen gerade durch das Tor der alten Ziegelei. Und sie rannten noch nicht mal mit aller Kraft, das konnte ich daran sehen, dass sie ihr fieses Grinsen mit sich herumtrugen. Sie schlenderten fast und wir rannten uns einen ab. Sie hatten einfach längere Beine und liefen ziemlich locker hinter uns her.

Ich suchte zwischen den alten Gebäuden der verlassenen Fabrik nach Lücken für uns.

Hier: durch das kaputte Tor in der linken, hinteren Ecke des zugemüllten Hofs. Dann: über die gebrochene Mauer, die aussieht, als wäre sie eine uralte Zahnreihe voller Lücken. Dann: auf die schiefe Leiter, die überhaupt nicht mehr stabil aussieht, als könnte da nicht mal ein Vögelchen raufklettern. Aber die Leiter hielt. Und dann, am Ende der Leiter, schnell schnell rauf aufs schiefe Dach.

Da standen wir dann. Ist ja eigentlich ganz schön, so oben auf einem Dach zu stehen, und es war mir vor vielleicht einer Minute auch noch wie eine gute Idee vorgekommen, hier hochzuflüchten, aber jetzt hatte ich leider überhaupt keine Idee, wie wir da wieder runterkommen sollten.

Und die Pickelgang wusste das wohl.

Sie hatten sich nicht abhängen lassen, sie hatten sogar noch mal das Tempo angezogen, und sie waren mit jedem Sprung, den wir gemacht hatten, und mit jedem Haken, den wir geschlagen hatten, immer näher gekommen.

Ich wusste nicht mehr, was ich tun sollte.

Wir standen auf dem Dach der alten Ziegelei, wir konnten über die ganze Stadt schauen, wir sahen die Kräne am Hafen und die Kirchtürme in der Innenstadt, wir sahen die Autos fahren und die Menschen rumlaufen, und wir hatten keine Chance mehr, hier wegzukommen, es sei denn, wir würden einfach vom Dach springen.

Ich merkte, wie es ganz eng wurde um mein Herz, und dann schrie ich: »Mann! Leute! Kacke!«

Und die anderen schrien auch irgendwas, ich konnte nicht verstehen, was sie schrien, weil es nicht nur eng um mein Herz geworden war, sondern irgendwie auch eng um mein Gehirn, und das Einzige, was ich noch denken konnte, war: Jetzt sind wir dran, jetzt sind wir dran, jetzt sind wir dran. Verdammt, jetzt sind wir gleich schon wieder dran. Jetzt gibt's gleich die nächste Abreibung, und wahrscheinlich wird die um einiges schlimmer sein als die erste, weil ja auch die Wut schlimmer geworden ist mit der Zeit.

Ich schaute in die Runde, alle schauten mich an, und Buxe sagte: »Gleich sind sie da. Gleich haben sie uns, und wenn sie uns erst mal haben, machen sie uns fertig.«

Ich hatte keine Antwort.

Ich sah Tomek an.

Wir müssen hier weg, dachte ich, und wir müssen zusammenhalten, Alter, gerade wir beide.

Tomek sah mir in die Augen, mit diesem wilden Blick, den er immer draufhat.

Er verstand, was ich meinte, das wusste ich, wir haben uns schon immer am besten verstanden, wenn wir nicht reden.

Und dann machte Tomek plötzlich was, was wirklich verrückt war, und ich schwöre, keiner von uns hätte gedacht, dass es so was überhaupt gibt, aber Tomek machte das einfach.

»Ganz ruhig bleiben jetzt«, sagte er, »und einfach stehen bleiben.«

»Was?!«

Alle starrten ihn an, auch ich starrte, aber ich starrte nicht so schockiert wie die anderen, sondern eher froh, dass ihm offenbar was eingefallen war. Ich wusste, dass es das Richtige sein würde.

»Ihr müsst mir vertrauen«, sagte Tomek schnell und leise. »Vertraut ihr mir?«

Alle nickten, und alle meinten es ernst, das spürten wir bis in die Haarspitzen.

»Ich hab Angst«, sagte Sue, denn wir konnten die Pickelgang hören, die zwar ein bisschen mit der kaputten Leiter kämpfte, aber bestimmt gleich oben bei uns auf dem Dach sein würde.

»Vertrau mir«, sagte Tomek und streckte ihr die Hand hin.

Sie nahm sie.

»Jetzt an den Händen halten«, sagte Tomek, und wir taten, was er sagte, und hielten uns aneinander fest.

Ich konnte die Pickelgang fluchen hören. Sie zischten und knurrten und krächzten, es klang, als wären sie ganz nah.

»Seid ihr bei mir?«, fragte Tomek.

Wir nickten.

»Macht die Augen zu«, sagte er. »Beim ersten Mal muss man die Augen zumachen. Und konzentriert euch auf uns. Darauf, dass wir zusammen sind.«

Wir machten die Augen zu und konzentrierten uns.

Die Pickelgang stolperte aufs Dach, es polterte, es krachte, es donnerte fast, und ich hörte noch, wie einer sagte: »Was zur Hölle …«

Und dann drehte sich plötzlich alles, wir drehten uns, unser Kreis drehte sich, immer schneller, es war ein bisschen wie Fliegen, und dann sagte Tomek: »Anhalten.«

Es hörte auf, sich zu drehen.

Ich spürte den Boden unter meinen Füßen wieder, aber irgendwas war anders. Es war ganz still.

Ich machte die Augen auf.

Tomek sah uns an und grinste.

»Wahnsinn«, sagte Buxe, als er die Pickelgang sah. Die fünf Typen standen da wie eingefroren. Einer schwebte fast noch über der Leiter, er war im Sprung aufs Dach erstarrt, und es war klar, wenn die Einfrierung aufhören würde, würde er einfach runterknallen, und dann würden die alten, morschen Sprossen der Leiter nachgeben, und das wäre dann ... na ja ... ziemlich unschön.

Ich lief zur Dachkante und schaute runter zur Straße. Auch da: alles eingefroren. Keiner bewegte sich. Die Menschen standen still, die Autos, sogar die Wolken. Nur zwei Katzen, die unten an der Ecke auf einer Mauer hockten, putzten sich. Als sie mich oben auf dem Dach sahen, sagten sie: »Miau.«

»Tomek«, sagte Sue, »wie hast du das gemacht?«

»Alter Hafentrolltrick«, sagte er und grinste immer noch. »Funktioniert aber nur, wenn wir richtig zusammenhalten.«

»Krass«, sagte Carlos, und Buxe sagte: »Von so was hab ich immer geträumt.«

Ella fing an zu lachen, und ihr Lachen hörte sich an, als würde sie nie wieder damit aufhören.

»Jetzt müssen wir aber los«, sagte Tomek, »das hält ja nicht ewig hier«, und er deutete auf die erstarrte Pickelgang.

Sie sahen wirklich toll aus. Ihre fiesen Gesichter waren zu

den Grimassen erstarrt, die sie gezogen hatten, als ihnen klar geworden war, dass hier etwas Komisches passierte. Etwas, wogegen sie mit all ihren Fäusten und Schlägen und Tritten und Gemeinheiten nichts ausrichten konnten. Wegen mir hätten sie jahrelang so bleiben können.

»Wie lange hält das?«, fragte ich.

»Meistens so 'ne Viertelstunde«, sagte Tomek, »manchmal aber auch länger. Und manchmal auch kürzer.«

Wir waren immer noch vollkommen baff, machten uns aber auf den Weg. Denn wir hatten ja ein *Ziel*: Wir wollten zu Pastor Löwenbein und wir wollten Kirsche retten.

Falls ihr doch was passiert war.

UND PLÖTZLICH WAREN WIR SCHNELLER!

Und dann, Leute. Ihr könnt euch nicht vorstellen, was dann los war. Der Weg zu Pastor Löwenbein war der absolute Kracher.

Es war nämlich nicht nur so, dass die Zeit um uns herum stillstand, wir waren auch noch ungefähr siebenmal schneller als sonst. Es war, als wären aus unseren Füßen Räder geworden, ich kam mir vor wie Asterix gleich nach dem Zaubertrank.

Wir flogen durch die Straßen und wir konnten nicht aufhören zu schreien. Und Tomek konnte nicht aufhören zu grinsen. Ich glaub, ich hab ihn noch nie so glücklich gesehen.

Und uns eigentlich auch nicht.

»Ich mach den Zaubertrank-Move!«, rief ich und schlug einen doppelten Salto, und es fühlte sich an, als hätte ich Delfine im Blut. Mein Blut hüpfte und zitterte und schlug richtige Purzelbäume.

»Ich mach 'ne Blitzkehre und ab dafür!«, rief Buxe, und er machte eine Blitzkehre und ab dafür, einmal hin, einmal her, er wurde noch mal schneller, als wir alle sowieso schon waren, und dann war er sofort wieder bei uns und schrie, so laut er konnte: »Geschwindigkeitsraaauuusch!«

»Wir segeln!«, rief Carlos. »Wir können segeln!«

Und ich wusste, wenn mein Opa uns jetzt hätte sehen können, hätte er das Gleiche gerufen. Weil natürlich war es total wie Segeln, was wir hier machten, es war, als würde uns der Wind über die Straße pusten, schneller, schneller und noch schneller.

»Siebzehnschnell!«, rief Ella.

»Jaaaaaaaaa!«, rief Sue. »Wir surfen die Welle siebzehnschnell!«

»Wir haben den Turbo«, sagte Tomek eher leise, also, er sagte es eigentlich voll normal, aber im Vergleich zu unserem überdrehten Gejohle war seine Stimme wirklich ziemlich leise. Er sagte ungefähr zehn Mal, dass wir den Turbo haben.

Es war alles so toll, es war kaum auszuhalten.

Und die Katzen, die uns sahen, lächelten uns hinterher, und sie sahen aus, als würden sie sich für uns freuen, und als wir an zwei rot getigerten vorbeiflogen, die auf einer hohen grauen Mauer saßen, sagte die eine zur anderen: »War ja klar, dass sie da eines Tages draufkommen.«

SCHLUSS, AUS, ENDE

So flogen wir durch unsere Welt, und wie wir so dahinflogen, war das jetzt aber wirklich der beste Tag von allen. VON ALLEN.

Aber dann drehte es sich schon wieder um, denn der beste Tag von allen blieb uns ganz plötzlich im Hals stecken. Über der Kirche von Pastor Löwenbein, unter der unser Keller liegt, stieg eine riesige Rauchsäule in die Luft.

»Oh nein«, sagte Carlos. »Bitte nicht.«

Und schwups waren wir alle wieder langsam.

Der Flug war vorbei.

»Schneller!«, sagte ich und schaute Tomek an. »Wir müssen sofort wieder schneller werden!«

»Geht nur einmal die Stunde«, sagte Tomek. Sein Gesicht hatte sich verdunkelt, und auf seiner Stirn stand geschrieben: Ich wusste doch, dass was nicht stimmt. Ich hab's doch von Anfang an gesagt. Und ihr habt mir nicht geglaubt. Jetzt seht ihr, dass ich recht hatte. Jetzt seht ihr's mal.

Es war, als hätte es den ganzen schönen Flug nicht gegeben, als wäre absolut nichts gewesen.

Ich verstand die Welt nicht mehr.

Wir fingen an zu rennen, einfach so, irgendwie mussten wir ja vorwärtskommen, aber weil so ein Geschwindigkeitsrausch natürlich auch anstrengend ist, kamen wir nicht gut voran.

Bald keuchten wir und waren total außer Puste.

»Schneller«, japste Ella, »schneller.«

Eine Ecke noch, wir mussten noch um eine letzte Ecke, dann waren wir da. Es roch verbrannt.

»Eine Ecke noch«, sagte ich.

»Mann, Mann, Mann, Mann, Mann«, flüsterte Buxe.

Wir bogen um die Ecke, so schnell wir konnten.

Ich malte mir fürchterliche Dinge aus: Kirsche gefesselt in unserem Keller, wie immer sie da reingekommen war.

Pastor Löwenbein verschwunden, warum auch immer.

Die Kirche am Brennen mit einer gigantischen Rauchsäule, fast schwarz, es roch nach verbrannten Sachen – und wo blieb eigentlich die verdammte Feuerwehr?

Verdammt.

Ich wollte, dass alle und alles irgendwie gerettet wurden, wusste aber nicht, was ich tun sollte, um zu helfen.

Ich konnte nur rennen.

Und plötzlich, als wir endlich um die Ecke waren – waren alle gerettet.

Und genau in diesem Moment, zack, wurde es wieder einer dieser besten Tage: Stellt euch vor, wir hatten das Grillfest vergessen.

Kirsches Wohnwagen stand oben am Hang hinter der Kirche, an dem ich manchmal mit Pastor Löwenbein sitze. Kirsche stand in aller Seelenruhe davor und teilte sehr viele Pommes an sehr viele Kinder aus. Pastor Löwenbein war nicht ganz so ruhig, er war eher ziemlich im Stress.

Er stand vor einem riesigen Schwenkgrill und ihm waren die Würstchen angebrannt. Die Lammkeule war ihm auch angebrannt. Und das Wildschwein lag verkohlt auf dem Boden.

Der Pastor war seit Wochen aufgeregt gewesen wegen dem Grillfest, und er hatte immer wieder gesagt: »Ich bin der schlechteste Grillmeister der ganzen Stadt. Wer ist eigentlich auf die saublöde Idee gekommen, mir den Grillhut aufzusetzen?«

Jetzt hatte er es richtig versemmelt. Der Qualm, den wir gesehen hatten, die riesige Rauchsäule, das alles hatte unser lieber Löwenbein ganz und gar selbst produziert.

In dieser Minute bog auch die Feuerwehr um die Ecke,

mit Tatütata, und sie hatten genauso aufgeregte Gesichter wie wir wahrscheinlich, als wir gerade hier angekommen waren.

Die Band hörte ganz kurz auf zu spielen. Aber als die Feuerwehrmänner ausgestiegen waren und als sie begriffen hatten, was los war (schlechter Grillmeister!) und was eben nicht (großer Brand!), und alle lachten wie in diesen Filmen mit sprechenden Tieren, in denen am Ende auch immer alle lachen, sogar die Tiere, da fing die Band wieder an, Musik zu machen. Die Sängerin sang, die Schlagzeugerin schlug aufs Schlagzeug, der Gitarrist kloppte in die Saiten, der Trompeter blies in die Trompete, Ella spannte ihren Schirm auf und tanzte, Buxe schlug Räder am laufenden Band, Carlos und ich sprangen hoch und runter, Tomek tanzte mit Sue hin und her, und am Ende wurde es das schönste Grillfest, das man sich vorstellen konnte, denn wir hatten ja Kirsche. Und Kirsche hatte Pommes für alle. Die Frau, um die wir solche Angst gehabt hatten, stand ganz lustig und fröhlich in unserer Welt. Irgendwann später, nachdem wir erst mal genug getanzt hatten und genug gesprungen waren, um wieder einigermaßen klarzukommen, standen wir vor ihr.

Sie sah uns lange an.

»Wollt ihr mir was sagen, meine Kinder?«

Tomek holte tief Luft.

»Ich dachte, du wärst entführt worden.«

Falsch, dachte ich und stellte mich ganz nah an Tomek ran.

»Wir dachten, du wärst entführt worden. Tomek hat die Pickelgang um deinen Wohnwagen schleichen sehen. Er hat es uns auch gesagt, aber wir haben nicht auf ihn gehört. Und als du dann verschwunden warst, hatten wir solche Angst um dich.«

»Entführt?!?«

Sie riss die Augen auf.

»Ich?!? Von diesen kleinen Scheißern?«

Sie prustete los. Sie lachte, dass es nur so schepperte.

Als sie sich wieder beruhigt hatte, sagte sie: »Wegen dieser Pinkelpötte müsst ihr euch keine Sorgen mehr machen. Ja, die waren bei mir. Haben Fragen gestellt. Wegen euch. Und sie haben ein paar sehr blöde Sachen gesagt. Ich glaube, die wollten mir tatsächlich Angst machen, damit ich euch Angst mache. Aber glaubt ihr wirklich, dass ICH mir von so ein paar Luschen Angst einjagen lasse?!?«

Wir schüttelten die Köpfe, erst langsam, dann entschieden. Wie konnte jemand wie Kirsche vor irgendwem Angst haben?

»Gestern Nacht hab ich denen endgültig gesagt, dass sie sich verziehen sollen. Und als sie nicht hören wollten, hab ich drei, vier Eimer Frittenfett hinterhergeschüttet. Wisst ihr, wie eklig lauwarmes, altes Frittenfett ist?«

Ich stellte mir vor, wie Kirsche in ihrem Wohnwagen stand, als wäre er eine Ritterburg, und wie dann plötzlich aus dieser Ritterburg stinkende Sachen flogen.

»Ziemlich eklig«, sagte ich.

Kirsche nickte.

»Die trauen sich nicht mehr in unsere Nähe«, sagte sie. »Und falls doch, haben wir ja noch den da drüben.« Sie zeigte auf Pastor Löwenbein.

Der Pastor hatte aufgehört zu grillen. Er wischte sich gerade noch ein bisschen die Stirn mit einem Taschentuch trocken, lachte und drückte sich eine Riesenportion Pommes rein. Wir hatten gar nicht gemerkt, wie nah auch er bei uns stand. Das ist ja oft so: Die, die am nächsten bei einem sind, bemerkt man meistens gar nicht.

Wir lächelten ihn an, er lächelte zurück, und Kirsche sagte: »Na also, jetzt ist aber echt mal gut.«

Über die Pickelgang sprachen wir nie wieder, weil wir wussten: Diese blöden Pappnasen hatten jetzt ein für alle Mal Angst vor uns. Weil es Kirsche gab, weil es den Pastor gab, weil wir zur Not auch noch meinen Opa aus dem Hut zaubern konnten und weil wir alle zusammen einfach eine Wucht waren.

HORST KLEIN wurde 1965 im Bergischen geboren, verbrachte seine wichtigsten Jahre aber im Ostfriesischen. Leben wollte er allerdings damals in Hamburg, ohne die Stadt je gesehen zu haben, was – rückwirkend betrachtet – als pubertäre Fluchttendenz gewertet werden kann. Studiert hat er dann aber in Krefeld, wo er bis heute, offensichtlich auch zufrieden, mit Frau und Kindern lebt. Er arbeitet hier als Grafiker und Illustrator.

SIMONE BUCHHOLZ, geboren 1972 in Hanau, 1996 nach Hamburg gezogen, wegen des Wetters. Sie wurde auf der Henri-Nannen-Schule zur Journalistin ausgebildet und arbeitet seit 2001 als freie Autorin, 2008 erschien ihr erster Kriminalroman »Revolverherz«. Simone Buchholz wohnt mit Mann und Sohn auf St. Pauli.